核心素养 阅读实践

中国古代寓言

郭余 / 编著

卢新元 / 批注

時代文藝出版社
SHIDAI WENYI CHUBANSHE

图书在版编目（CIP）数据

中国古代寓言 / 郭余编著；卢新元批注. -- 长春：时代文艺出版社, 2023.12（2024.12重印）
ISBN 978-7-5387-7151-0

Ⅰ. ①中… Ⅱ. ①郭… ②卢… Ⅲ. ①寓言—作品集—中国—古代 Ⅳ. ①I276.4

中国国家版本馆CIP数据核字(2023)第195912号

中国古代寓言

ZHONGGUO GUDAI YUYAN

郭余　编著　卢新元　批注

出 品 人：吴　刚
责任编辑：邢　雪
特约编辑：王　婷
封面设计：上智博文文化传媒
排版制作：李　楠

出版发行：时代文艺出版社
地　　址：长春市福祉大路5788号　龙腾国际大厦A座15层（130118）
电　　话：0431-81629751（总编办）　0431-81629758（发行部）
网　　址：weibo.com/tlapress（官方微博）
开　　本：787mm × 1092mm　1/16
字　　数：112千字
印　　张：10
印　　刷：涿州市京南印刷厂
版　　次：2023年12月第1版
印　　次：2024年12月第4次印刷
定　　价：30.00元

欢迎来到
少儿阅读园地

品文学佳作，促能力提优

AI阅读向导

小科老师在线答疑，扫除阅读障碍

沉浸伴读 1—6年级

收听配套音频，读懂文学故事。

老师带学 4—6年级

领取配套课程，掌握重点知识。

剧目欣赏 1—6年级限定图书

围观课本剧，演绎经典情节。

习题测验

检测学习成果，增进阅读理解。

核心素养 阅读实践

特色盘点

语文教育专家策划

由语文教育专家方洲树人，北京市东城区教育科学研究院副院长、北京市语文特级教师宋浩志策划并主编，体现专业和用心。

名家云集，内容经典

收录小学语文教材所涉及的课外阅读作品，荟萃中外文学大家。中国作家包括金波、陈伯吹、叶圣陶、高士其、李四光等著名作家，外国作家包括安徒生、高尔基、马克·吐温等文学巨匠。

精选批注，重点突出

邀请中国社会科学院文学博士以及北京等地多所知名小学的优秀语文教师，为三至六年级的图书撰写批注，从词句锤炼、修辞方法、核心情节、人物形象、主题寓意等方面多角度解读作品，帮助小学生提升鉴赏能力。

“活动设计”理念先进

“核心素养活动设计”由北京市特级教师宋浩志领衔设计编排，立足新课标，创新任务群学习设计，以习题形式呈现，突出趣味性和可操作性，体现核心素养创新理念，寓教于乐。

大字读本，绿色印刷

参考《儿童青少年学习用品近视防控卫生要求》设计、排版，大字读本，色彩清晰，绿色印刷，兼具美感与质感，更适合小学生阅读。

亮点图示

低年级全本注音

一至二年级图书逐字注音，扫清阅读障碍，让自主阅读变得更顺畅。

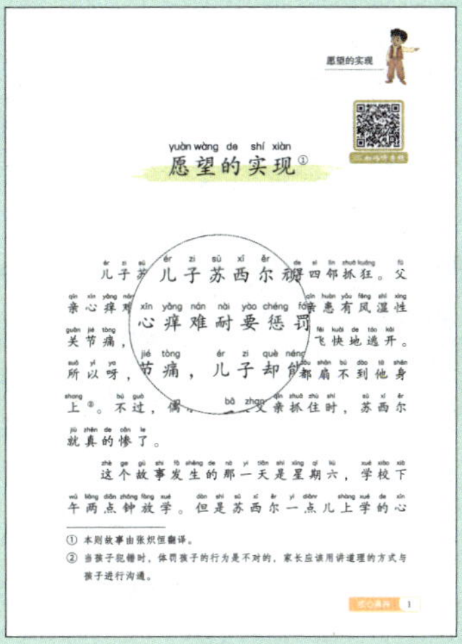

精选批注

三至六年级图书，对精选篇目进行批注，教授阅读技巧，提高阅读效率。

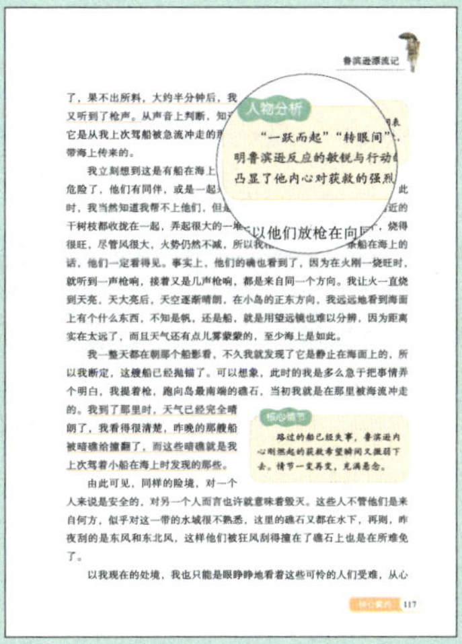

原创精美插图

富有叙事性的画面，色彩明丽、清新，艺术感强，给孩子多元化的美学启蒙。

读书笔记

积累好词佳句，学以致用，提升阅读与写作能力。

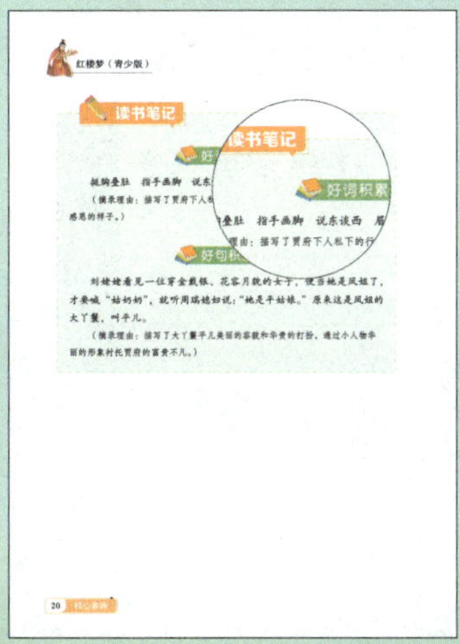

读后感范文

分享收获与感悟，激发思想碰撞，将读与写有机结合。

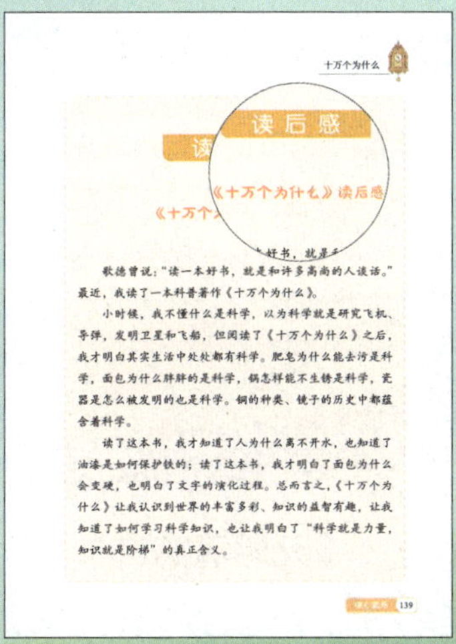

核心素养活动设计

立足新课标，训练整本书阅读能力，提升核心素养。

我的明理之旅

《中国古代寓言》从古代典籍和文学作品中选取了部分流传广泛、深入人心的寓言故事，如《揠苗助长》《刻舟求剑》《愚公移山》等。这些寓言故事或讽刺某一类人或某一种现象，或揭示朴素的人生道理，或阐述古代的政治理念，含蕴深刻，读来令人受益匪浅。你都听说过哪些中国古代寓言故事呢？快制订好“旅行计划”，去书中找一找吧！还有更多有趣、有益的寓言等着你去阅读呢！

第 1 站

收 获

____月____日出发　　《先秦寓言》

第 2 站

收 获

____月____日到达　　《两汉寓言》

第 3 站

收 获

____月____日到达　《魏晋南北朝寓言》

第 4 站

收 获

____月____日到达　　《唐宋寓言》

第 5 站

收 获

____月____日到达　　《元明清寓言》

前言

尽享读书的快乐

《义务教育语文课程标准（2022年版）》（以下简称“课程标准”）坚持目标导向、问题导向、创新导向，细化育人要求，着力提升学生的核心素养。“多读书、好读书、读好书、读整本书”，是“课程标准”中的课程理念所明确倡导的指导性内容。

为了真正落实这一指导性内容，小学语文教材对学生的课外阅读给予了前所未有的重视，设置了多种形式的指导阅读的内容板块，并且与课内阅读相互照应，激发了学生的阅读兴趣，为学生养成良好的阅读习惯、掌握基本的阅读方法提供了框架和支撑。

为了实践“课程标准”的新理念，让学生们通过课外阅读更好地提升核心素养，我们精心编写了这套书。本套书依据不同的文学体裁，设置不同类型的阅读批注，从词句锤炼、修辞手法、故事情节、人物形象、主题寓意等角度全面解读作品，帮助学生边阅读边思考，注重培养学生的文学素养。

同时，本套书依据“课程标准”中核心素养的理念，针对不同学段，结合阅读内容，编写了丰富多样的“核心素养活动设计”，低年级读物旨在通过引导学生识图、读目录，猜测书中的故事情节，了解整本书的基本内容和主要人物，掌握获取阅读信息的基本路径，进一步激发学生的阅读兴趣；中年级读物注重引导学生了解童话、寓言、神话、科普著作等不同文体的特征，通过摘抄、批注等形式积累词语，了解故事情节，把握人物形象等；高年级读物通过带领学生阅读中外民间故事、小说等，引导学生了解中外文化，学会欣赏跌宕起伏的情节、理解作品思想等。这些多样的“核心素养活动设计”，意在强化阅读方法，增强阅读能力，促进深入思考，引导学生进一步体会阅读的乐趣。

天下第一好事，还是读书。相信这套书一定会帮助学生在阅读中尽享读书的快乐。

北京市东城区教育科学研究院副院长、语文特级教师　宋浩志

2023 年 3 月

目录

精读批读

先秦寓言

两汉寓言

魏晋南北朝寓言

唐宋寓言

元明清寓言

核心素养

精读批读

先秦寓言

扫码听音频

多言何益

《墨子》

墨子[1]的学生子禽问墨子："一个人是说话多有好处呢，还是说话少有好处？"墨子说："青蛙和苍蝇，是白天、晚上都叫个不停，嘴也干了，舌头也累了，但是谁也不听它们叫。你再看报晓[2]的公鸡，它们每天在天快亮的时候啼鸣，天下沉睡的生灵一听到它的啼鸣，就全都醒过来了。所以，说话多有什么好处呢？应该把握好说话的时机才对！"

---

① 墨子：战国初期著名思想家、政治家、军事家，墨家学派创始人。

② 报晓：报告早晨的到来，是对公鸡清晨打鸣的雅称。

扫码听音频

染　丝

《墨子》

有一次，墨子看到人们给丝线染色，就长叹了一口气。他的弟子们问:“老师为什么叹气呀？”墨子说:“你们看，本来都是同样的丝线，有的染上了青色的颜料，就变成了青丝；有的染上了黄色的颜料，就变成了黄丝。总之，丝线放到不同的染缸里，就会变成不同的颜色。这样看来，把丝线放进染缸之前，一定要慎重地选择啊！同样，治理国家的人也必须慎重地选择身边的大臣。历史上，善于执政的君王在选拔人才时很用心，都是选一些正直聪明的大臣在身边影响自己，而不善于执政的君王，则都喜欢选一些只会讨好自己的大臣，每天陪在自己身边。这些不善于执政的君王每天忙忙碌碌、劳心劳神，可国家却变得越来越糟，这就是因为他们忽视了最重要的事啊！最重要的事，就是身边给自己带来影响的都是什么人！”

主题

墨子以给丝线染色这件事为引，告诉弟子们人容易受客观环境的熏陶感化。这个故事启示我们要关注外部环境对自身成长的影响。

扫码听音频

杀鸡焉用牛刀

《论语》

孔子①有一个学生叫言偃，他学业有成，做了武城的宰官②。有一次，孔子来到武城，一进城就听到了弹琴唱歌的声音。孔子知道，一定是他的弟子教化③了武城的百姓，百姓才会有这么美好的生活。这时候，言偃正恭恭敬敬地迎接孔子的到来，孔子笑着问他："杀鸡还用得着宰牛的刀吗？"言偃明白，老师的这个比喻是说：治理武城这么小的地方，还用得着用礼乐来教化吗？于是，他认真地回答道："弟子曾经听您说过：'君子学习了大道，就懂得关爱每一个人；小人学习了大道，就变得容易治理了。'"孔子满意地对身边的其他弟子们说："言偃说得很对！无论治理什么地方，都应该好好地教人们懂道理。我刚才那句话，只是开个玩笑罢了！"

---

① 孔子：名丘，字仲尼，春秋末期鲁国人，著名思想家，儒家学派创始人。

② 宰（zǎi）官：古代官职，是一个地区的实际管理者。

③ 教化：文中指教育老百姓，让老百姓懂得道理，思想发生变化。

扫码听音频

揠苗助长

《孟子》

有个宋国人，看到自己家田地里的禾苗那么矮小，心里着急，于是就一根根地把它们拔高了，忙了大半天，累得昏头昏脑地回到家里，得意地告诉家人：“今天可累坏我了！我忙了一天，帮着咱家的禾苗长高了！”他的儿子闻言赶紧跑到田里去看，发现一地的禾苗已经都被他父亲害得枯死了。

主题

“揠苗助长”指把苗拔起来，帮助其成长；比喻违反事物的发展规律，急于求成，最后事与愿违。这则寓言启示我们要按照自然规律做事，否则即使有美好的愿望、善良的动机，也不会有好结果。

扫码听音频

五十步笑百步

《孟子》

梁惠王[1]问孟子[2]："寡人[3]觉得自己治理国家非常尽心，黄河北岸发生饥荒，寡人就让一部分老百姓搬到黄河东边去生活，再把一部分粮食调拨到黄河北岸的灾区；如果是黄河东边发生饥荒，寡人也用这个方法解决。寡人看邻国的政策都没这么用心，可是为什么却不见邻国的百姓们都来投奔我国呢？"

孟子说："您对战争最感兴趣，我就拿战争的事来打比方吧！比如在战场上，战鼓刚刚敲响，两支军队开始交锋，一些胆小的士兵就丢掉盔甲、拖着兵器转身逃跑了。这些士兵中，有的跑了五十步就停了下来，有的跑了一百步才停下来，如果跑了五十步的士兵嘲笑跑了一百步的士兵，您觉得合理吗？"

梁惠王说："不合理呀，他们只是少跑了五十步而已，但也一样是在战场上逃跑啊！"

---

① 梁惠王：即战国时期魏惠王，魏国第三代国君。他在位时将国都迁到大梁，因此又被称为"梁惠王"。

② 孟子：战国时期著名思想家，儒家学派的代表人物之一。

③ 寡（guǎ）人：古代君王的自称。

孟子说：“您既然明白这个道理，怎么还认为邻国的百姓们应该来投奔您的国家呢？您刚才说的话，都是在说老百姓挨饿不是您的错，而是天灾造成的。什么时候您能把百姓的痛苦都看成是自己的过错，天下的百姓自然就都来投奔您了。”

我的解读

扫码听音频

望洋兴叹

《庄子》

秋天里，洪水按照时令汹涌而至，许许多多小河的水都流进了黄河，黄河变得非常浩大，人们站在岸边，连对岸的牛马都看不清楚了。这时候，黄河的神灵——河伯觉得十分得意，他认为天下谁也不如他伟大！

黄河向东流淌，流进了北海，河伯站立在浪头向东方张望，只见一片汪洋，怎么也看不到尽

头！于是，河伯那满脸骄傲的神情不见了，他不知所措地仰着头对北海的神灵说："大家都笑话那些刚刚听过一些道理，就以为谁都不如自己的人，没想到我原来就和这种人一样啊！我曾听说，要是真来比一比的话，孔子的学问也不算很大，伯夷[1]的道德也不算很高尚，可是我那时根本不相信这些。现在我看到了您，才知道什么叫无穷无尽！好在我到您这儿来了，要不我还一直以为自己最了不起呢，那准会被见多识广[2]的人笑话啊！"

主题

"望洋兴叹"说的是仰望海神而感叹，原指在伟大事物面前感叹自己的渺小，现在多用来形容做事力量不够或条件不充分而感到无可奈何。这篇寓言启示我们"山外有山，人外有人"，切勿妄自尊大。

① 伯夷：商末孤竹国第八任国君的长子，年轻时和弟弟互相推让王位，年老时又为了坚持道德理想而忍受饥饿。

② 见多识广：见过的事情很多，懂得的道理很广泛。

扫码听音频

屠　龙　术

《庄子》

古时候，有个人叫朱泙漫，他听说一个叫支离益的人擅长杀龙，于是恭恭敬敬地请支离益做自己的老师，认真地向他学习起这个本领。

为了学会杀龙，朱泙漫花光了家里的几千两黄金，用了三年的时间，终于掌握了这项本领。

这时候，朱泙漫才发现，他辛辛苦苦学来的这个本领一点儿都用不上，因为世界上本来就没有龙啊！

扫码听音频

螳臂当车

《庄子》

齐庄公①出门打猎，半路上遇到了一只螳螂，这只螳螂举起前肢，准备和庄公马车的车轮搏斗。庄公问他的车夫说：“这是什么虫子啊？”车夫说：“这是螳螂。这种虫子只知道前进，不知道后退，从不估计一下自己的力量就轻率地和敌人对阵。”庄公却感叹道：“这种虫子要是人的话，一定是全天下公认的勇士啊！”于是让车夫绕道避开了它。

主题

在这个寓言中，螳螂举起前腿想挡住前进的车子，很是不自量力，庄公却赞扬它的勇气。不过，即使勇气可嘉，螳螂的这种做法依然不值得我们学习，因为在有勇气的同时，我们也应该有自知之明，懂得衡量客观现实与主观能力之间的差距。

① 齐庄公：姜姓，吕氏，名购，齐国第十二代国君。

扫码听音频

邯郸学步

《庄子》

战国时，赵国都城邯郸的人以走路姿势优美而著称。有个燕国人认为这种走路姿势实在太美了，于是专门来到邯郸，要向当地人学习如何走路。他兴致勃勃地走到街上，发现满街行人的走路姿势各不相同，一人一个样儿，但是都非常优雅。于是他就见一个学一个，结果什么都没学会，反而连自己原先是如何走路的都忘了，最后没有办法，只好爬着返回燕国。

主题

这则寓言告诉我们每个人都有自己的特点，如果不考虑实际情况就一味模仿别人，结果只能是既学不到别人的优点，又丢掉了自己的特点。

扫码听音频

埳[1]井之蛙

《庄子》

井里的青蛙对东海的大鳖[2]说：“我很快乐啊！出了井口，我就在井边的栏杆上蹦蹦跳跳；进到井里，我就到井壁上的砖洞里休息。跳到水里，水就会泡着我的胳肢窝[3]，托着我的下巴；踩在泥巴上，泥巴就软软地漫过我的脚丫、脚背。我看那些小虫子、螃蟹和蝌蚪，都比不上我啊！而且我这四只脚一跨，这满井的水就都是我自己的了，所以浅井真是最快乐的地方啊！您为什么不常常进来看看呢？”

东海的大鳖听了青蛙的话，想进到井里看一看，可是它的左脚还没伸进去呢，右膝已经被井口绊住了，只好后退着出来了。于是大鳖给青蛙讲起了东海，它说：“上千里远的道路，也丈量不了东海的广大；千仞[4]高的大

好词好句

通过比喻和对比的修辞手法，突出了东海的广大和幽深。

---

① 埳（kǎn）：通“坎”。低洼的地方；坑。

② 鳖（biē）：俗称甲鱼，水陆两栖动物。

③ 胳肢窝（gāzhiwō）：指人的腋窝。

④ 仞（rèn）：古代的长度单位，常用于山的高度。1仞大约合现在2.5米左右。

山，也测定不了东海的幽深。在禹①的时代，十年中有九年都在下大雨，可是海水并没有增多；而到了汤②的时代，八年中有七年都在干旱，但是海水也并没有减少。就像这样，无论过了多长时间，无论雨水多还是少，东海从来都不曾变化，东海也实在是很快乐的地方呢！”

浅井里的青蛙听了这些话，感到十分惊讶，觉得自己太渺小、见识太浅薄了。

主题

浅井里的青蛙象征着那些见识浅薄、眼界狭窄的人，他们为自己拥有的极少的东西而沾沾自喜、不思进取，永远不会知道外部的世界有多广阔。

---

① 禹：上古帝王，曾经成功治理了洪水。他的儿子启建立了夏朝。

② 汤：古代帝王，商朝的建立者。

扫码听音频

庖丁解牛

《庄子》

梁惠王有一个厨师名叫丁，他切割牛肉的时候，手、肩、脚和膝的动作就像跳舞一样优美，刀子划过的声音也像音乐那么动听。

梁惠王夸奖他说：“好啊！你的技术怎么会这么高超呢？”

丁厨师放下刀子，回答说：“因为臣重视的是探究解牛的规律，已经超过了单纯对技术的追求。我刚开始切割牛肉的时候，看见的还是整头的牛，而三年之后，牛在我的眼中就只是筋肉骨节了。现在我切割牛肉的时候，是用精神去感受牛的身体，而不是用眼睛去看。我顺着牛的身体结构，先劈开筋骨间的空隙，再沿着骨节之间的地方下刀。我的刀从来没有碰过牛身上坚韧的筋和肌腱，当然更没去碰过大骨头！技术好的厨工每年换一把刀，这是因为他们用刀子去割筋肉；技术一般的厨工每月换一把刀，这是因为他们用刀子去砍骨头。如今，臣的这把刀已经用了十九年了，切割了数千头牛，可是刀口还锋利得像刚从磨刀石上磨出来的一样。牛身上的骨头之间都是有空隙的，而刀刃很薄，用这么薄的刀刃刺入有空隙的骨节，在活动刀刃时一定有很大的余

地，所以我用了十九年的刀还是像刚磨出来的一样。即便如此，每当我碰到筋骨交错的地方，还是十分小心地集中注意力，放慢动作，用刀子轻轻地动一下，哗啦一声，牛骨和牛肉就分离了，像泥土散落在地上一样。这时候，我就提着刀站起来，看看四周，悠然自得，心满意足，然后把刀细心地擦好收起来。”

梁惠王说：“好啊！我听了丁厨师的话，竟懂得了养生的道理！”

我的解读

扫码听音频

多歧亡羊

《列子》

杨先生[1]的邻居家有一只羊跑丢了。这位邻居一边发动自己的亲戚们去追，一边跑来请杨先生家的小书童和他们一起去追。杨先生觉得奇怪："不就是丢了一只羊吗？怎么用得着这么多人去追？"邻居说："因为那条路上分岔的小路很多，谁也说不准羊会跑到哪条小路上，所以每条小路都得有人去找。"

等到追羊的人们回来了，杨先生问他们："找到羊了吗？"

"没找到！"他们回答道。

"怎么会找不到呢？"

"因为那些分岔的小路，每一条上又都分出好几条岔路，谁也不知道该往哪条路上继续追，就只好回来了。"

主题

"多歧亡羊"的故事启示我们要率先确立明确的目标和正确的方向，这样才不容易被迷惑，避免误入歧途。

---

① 杨先生：即杨朱，战国初期魏国思想家。

扫码听音频

纪 昌 学 射

《列子》

古时候有个很会射箭的人叫甘蝇，据说他一拉弓射箭，走兽就会应声倒地，飞鸟顷刻间就被射落。他有个弟子叫飞卫，射箭的本领比老师还高。

纪昌向飞卫学习射箭。一开始，飞卫告诉他："你得先学会不眨眼睛，然后才能谈学习射箭。"纪昌回到家里，仰面躺到他妻子的织布机下面，眼睛对着踏脚板，踏脚板一上一下地动，他就努力做到不眨眼。这样过了两年，就算锥子尖压到他的眼角，他也能不眨眼了。他高兴地把自己的成绩告诉飞卫，可是飞卫说："这还不够，必须先学会看东西才行。怎么才叫会看东西呢？就是哪怕很小的东西在你看来也很大，别人观察不到的东西你也能看得很清楚。等你练到了那个程度后再来告诉我吧！"

核心情节

飞卫并没有说怎么才能学会不眨眼睛，此处设置了悬念。

纪昌就找来一根牦牛的细毛，用它绑住一只虱子挂在南边的窗户前，每天看。过了十来天，他渐渐觉得这只虱子变大了。三年之后，他看这只虱子已经像别人眼中的车轮那么大了，而再看

别的东西全都像大大小小的山丘一样！这时他拿过弓箭来射向这只虱子，一箭射穿了虱子的中心，而那根挂着虱子的牦牛毛却没有断掉。

纪昌把这些都告诉了飞卫，飞卫高兴地跳起来，拍着胸口说：“太好了！你已经学成了！”

好词好句

此处运用比喻和夸张的修辞手法，将纪昌看到的虱子比喻成车轮，别的东西比喻成山丘，生动形象地写出了他此时观察本领的高超。

主题

这则寓言告诉我们，成功离不开良师的悉心指导和自己坚持不懈的努力。

扫码听音频

杞人忧天

《列子》

有个杞国人每天都在担忧：如果天塌下来、地陷下去，我就没有地方可以住了，那可怎么办呢？他为此吃不下、睡不着。

还有个人为这个人的担忧而感到担忧，于是特地跑来劝他：“天就是空气的聚集，而空气到处都有，所以你身体的活动、你的呼吸其实都是在天的里面，为什么你还担心它塌下来呢？”

“就算天是空气的聚集，那太阳、月亮、星星不是还会掉下来吗？”

“太阳、月亮和星星也只是聚集的空气中会发光的气体①，所以就算掉下来，也不会伤到谁的！”

“可是，地要是陷下去了该怎么办啊？”

“地是什么啊？就是聚集起来的土块和石块啊！我们的四面八方都满是土块和石块，它们可以说无处不在，你从早到晚每走一步、每踩一脚，都是在地上，为什么还担心它陷下去呢？”

于是，天天担心的这个人终于放心了，劝说他的人也就放心了，两个人都很高兴。

---

① 气体：这是古人的想象，并不科学，只代表当时人的认知水平。

扫码听音频

薛谭学讴

《列子》

薛谭向秦青①学唱歌，他在还没有真正学会秦青的演唱技艺时就自以为全都学完了，于是向秦青告别，准备回家。秦青没有挽留薛谭，还把他送到城外的大道旁，请他喝酒，和他告别。喝酒时，秦青打着节拍，唱起悲伤的歌，歌声一响，林中的树木似乎都感动了，而天上飘动的云彩也好像因为这歌声而忽然静止了。薛谭这才知道，原来歌声还可以有这样的力量！他立刻向秦青道歉，求秦青让自己留下来继续学习，从此以后，他终身不敢再说回家的事了。

---

① 秦青：古代传说人物，战国时秦国人，善歌，以教歌为业。

扫码听音频

两小儿辩日

《列子》

孔子在东方漫游时，看到街上有两个小孩儿在争吵，就问他俩为什么争吵。

一个小孩儿说：“我说太阳刚升起来的时候离我们近，到了中午的时候就离我们远了。可是，他偏说太阳刚刚升起的时候离我们远，中午时离我们近！”

这个小孩儿接着说：“本来嘛，太阳刚升起的时候像马车上的伞盖那么大，到了中午就只有盘子那么小了，什么东西不是远了看着小、近了看着大啊！”

另一个小孩儿说：“可是，太阳刚升起时，我们觉得清清凉凉的，到了中午呢，我们好像进了热水盆，这不就很明显：凉快的时候就是太阳离我们远，热的时候就是太阳离我们近啊！”

孔子也无法判断谁对谁错。两个小孩子笑着对孔子说：“是谁说您博学多知的呢？”

主题

这个寓言告诉我们为了认识自然、探求客观真理，要敢于独立思考、大胆质疑；也告诉我们宇宙无限，知识无穷，再博学的人也不能无所不知，学习是无止境的。

扫码听音频

施氏与孟氏

《列子》

鲁国的施家有两个儿子，一个喜欢学术，一个喜欢兵法。喜欢学术的儿子去了齐国，给齐侯讲自己的学问，齐侯听了之后，很高兴地接纳了他，让他当公子们的老师。喜欢兵法的那个儿子，去楚国给楚王讲自己的战术和兵法，楚王听了很高兴，任命他做了军官。这两个儿子获得的俸禄[1]让施家变得很富有，他们俩的官职也让亲戚们感到很荣耀。

施家的邻居姓孟，孟家也有两个儿子，他们喜欢的东西也和施家的两个儿子一样，可是他们家却一直陷于贫穷。他们羡慕施家获得的财富和名誉，便到施家请教成功的方法，施家的两个儿子诚实地给孟家的两个儿子讲了他们的亲身经历。

于是，孟家喜欢学术的儿子到了秦国，给秦王讲自己的学问。秦王说：“如今诸侯国靠武力争霸，最重要的事是练兵和聚粮，要是用你说的这些什么仁义的学问来治理我的国家，那就是让秦国走向灭亡！”秦王在愤怒中下令惩罚孟家的这个儿子，然后赶走了他。孟家喜欢兵法的儿子到了卫国，给卫侯讲自己的战

① 俸（fèng）禄：古时候朝廷给官员发的钱和物。

术和兵法，卫侯说：“卫国只是个弱小的诸侯国，四周尽是强大的诸侯国在威胁着我们，我尽力满足这些强大的国家的需求，和别的小国也都和睦相处，这才得到了安宁。如果凭借武力和外国来往，那就等着亡国吧！像你这样的人，如果就这么放回去，一定会再去别的国家谋划军事，那对卫国将是个很大的威胁！”于是卫侯残忍地下令砍掉孟家这个儿子的双脚，把他送回了鲁国。

孟家的两个儿子都悲惨地回到家里。孟家父子一起来到施家，捶胸顿足地责怪施家人害了他们。施家人说：“无论什么事，把握了正确的时机，收获就很大；要是错过了正确的时机，损失就很大。你们的本事和我们一样，但是发挥的效果却和我们不一样，这正是因为错过了正确的时机啊，并不是我们告诉你们的方法不对。”

扫码听音频

詹何钓鱼

《列子》

有一个叫詹何的人，他用一根蚕丝做鱼线，用细针做鱼钩，用细竹子做鱼竿，用切开的米粒做鱼饵，能从又深又急的水中钓上很大很大的鱼，这种鱼一条就能装满一辆车子！而他的鱼线没有被扯断，鱼钩没有变直，鱼竿也没有变弯。

楚国国君听说之后感到很奇怪，就派人把詹何找来，问他是怎么做到的。

詹何说：“我父亲活着的时候曾经告诉过我，有一位射鸟很厉害的人叫蒲且子，他用不太结实的弓和很细的线，在大风里射出去，一下子就能从高空射下两只鸟来，这是因为他用心很专一，动作很稳。我把这个办法用在钓鱼上，花了五年的时间才完全掌握其中的要领。现在我在河边拿着鱼竿的时候，心里没有别的想法，只想着鱼，甩鱼线、下鱼钩，手上的力道不轻不重，没有什么外在的东西能扰乱我。所以，鱼看到我的鱼钩和鱼饵，还以为是水里的泥沙或水沫，很放心地就往嘴里吞。这就是我以弱胜强、以轻御重的方法啊！”

扫码听音频

愚公移山

《列子》

太行山和王屋山原本都在冀州①的南边、黄河的北边，它们方圆七百多里，数千丈高。在这两座大山的北边住着一位名叫愚公的老人，他就快九十岁了。因为两座大山堵着他的家门，他们一家人出门和回家都得绕远路，十分辛苦。这一天，他把一家人都聚在一起，和大家商量："我想和你们一起努力，铲平这两座高山，这样咱们以后再出门，就可以一路顺畅地走到豫州②的南边、汉江的南岸了，你们说好不好？"家人们纷纷赞成，只有他的妻子提出了疑问："凭您的力量，像魁父③这样的小丘都铲不平，还能把太行山和王屋山铲平吗？再说，这么多的泥土、石块又能往哪儿放呢？"家人们七嘴八舌地说："可以放到渤海的海湾，隐土④的北边去呀！"

就这样，北山愚公率领着家里能挑得动担子的几个男人开始

---

① 冀（jì）州：古代地名，包括今河北、山西、河南黄河以北、辽宁辽河以西地区。

② 豫（yù）州：古代地名，大约在今河南省黄河以南的地区。

③ 魁（kuí）父：小丘。

④ 隐土：古代传说中的地名。

挖山。他们敲落石头、挖开泥土，装到箕畚[①]里运到渤海海湾去。邻居京城家的寡妇有个刚刚换牙的儿子，也蹦蹦跳跳地来帮忙。一个寒冷的冬季过去了，一个炎热的夏季过去了，运送第一批石头和泥土的人们才回来。

住在黄河拐弯处的智叟笑着劝愚公他们别再做这件事了，他对愚公说："你也太傻了吧！你年老力衰，连毁掉山上的一棵树都做不到，还能把这些石头和泥土怎么样呢？"愚公长叹了一口气说："你的心是不是全被堵住，通都通不开了？你怎

---

① 箕畚（jīběn）：搬运泥土、石块的容器，有用细竹条编成的，也有用柳枝编成的。

么还不如寡妇和小孩儿懂事呢？就算我不在了，还有儿子们在，儿子们生出孙子，孙子们又会生出他们的儿子，子子孙孙无穷无尽，而这两座山上的石块和泥土却不可能越来越多，有什么铲不平的？”被愚公这么一问，智叟一句话也回答不上来了。

山神听到了愚公这些话，怕他们真的挖起来没完，赶紧向天帝报告。天帝听了山神的报告，被愚公的决心感动了，于是命令大力神夸娥氏的两个儿子背起这两座大山来，一座放在了朔方[1]的东边，一座放在雍州[2]的南边。此后，冀州的南边、汉江的南岸那一带，就再也没有高山阻隔了。

---

① 朔（shuò）方：即朔方郡，汉武帝驱逐匈奴、收复河南时所设，在今内蒙古河套地区。

② 雍（yōng）州：古代地名，大约在今陕西、甘肃一带。

扫码听音频

造父习御

《列子》

造父是古时候最会驾车的人，那他是跟谁学会驾车的呢？他的老师名叫泰豆。

造父跟泰豆学驾车的时候，说话做事都恭恭敬敬的，可是最初的三年泰豆却什么也没教给他。即使这样，造父也不着急，还越来越细心、恭敬，泰豆这才告诉他："古谚语说，'好弓匠的儿子，都学过做竹箕；好铁匠的儿子，都学过做鼓风皮囊'，现在你先好好看看我是怎么走路的，能像我这么走路了，你就能握着六根缰绳，驾驭六匹马拉的车了！"造父说："我听您的！"

泰豆就在地上竖起许多木桩，每根木桩的大小都刚刚只够放上一只脚掌，木桩之间都是一步的距离，排列成环形，就像一条悬空的路。泰豆踩着这些木桩快步走来走去，怎么走也不会跌倒。造父认真学习，三天就走得和老师一样好了。泰豆感叹说："你怎么这么聪明啊！学得真快！现在，你只要把你走木桩时悟出的道理和法则运用到驾车上来，就可以了！"

主题

想要掌握一门高超的技术，必须先练就过硬的基本功，然后才能得心应手、运用自如。

扫码听音频

高山流水

《列子》

有一个叫伯牙的人很会弹琴，钟子期则是一个很会欣赏琴声的人。有一次，伯牙弹琴时心里向往着高山，钟子期听了就说：“真美好啊！挺拔雄壮，就像泰山一样！”还有一次，伯牙弹琴时想着流水，钟子期听了说：“真美好啊！广阔澎湃[1]，就像长江大河一样！”总之，伯牙弹琴时心里想的，钟子期一听琴声就能知道。这就是人们说的“知音”啊！

主题

“高山流水”用来比喻知己或知音，也比喻乐曲高妙。在这个世界上知音非常难得，所以人们才十分向往伯牙和钟子期的友情。

① 澎湃（péngpài）：形容波浪互相撞击。也形容声势浩大，气势雄伟。

扫码听音频

朝三暮四

《列子》

宋国有一位养猕猴的老爷爷，他很喜欢猕猴，养了好大一群。时间久了，不仅他能明白猕猴的心思，猕猴们也能懂他的想法。老爷爷从自己家的口粮里省出食物来，想办法让猕猴们吃饱，然而粮食还是很快就不够了。老爷爷想，只能减少每天喂养猕猴的食物了，可是这样做猕猴们会不会生起气来，以后不再听自己的话了呢？因为他很了解猕猴，所以想到了一个好主意。他先跟猕猴们说：“我早上喂你们三粒橡实，傍晚再喂你们四粒，够不够你们吃？”猕猴们都气得跳了起来。老爷爷连忙说：“好吧好吧，那我早上喂你们四粒橡实，傍晚喂你们三粒，这总够了吧？”猕猴们就都高高兴兴地感谢他了。

主题

这个故事告诉我们要透过现象看本质，不要被眼前的蝇头小利所迷惑。如果只看到眼前的、一时的利益，很有可能会被愚弄。

扫码听音频

山　雉

《尹文子》

有个楚国人挑着一只活的野鸡走在路上，一个路人看到了，问他："这是什么鸟啊？"

挑着野鸡的人故意骗他说："这是凤凰！"

路人高兴地说："我以前听说过有凤凰，没想到今天真看到了！你这只凤凰是要卖的吗？"

"是啊！"

"我出十块金币，卖给我吧！"

"钱太少了，不卖！"

"那我再加一倍，二十块金币！"

"好吧，那就卖给你吧。"

这个路人买到了"凤凰"很高兴，准备献给楚王，不幸的是过了一夜这只野鸡却死了。路人顾不上心疼自己花的钱，只是遗憾自己没能把凤凰献给楚王。这件事被楚国人传来传去，后来大家都以为他买到的真是凤凰，都觉得他一心想把这么珍奇的动物献给楚王的精神太可贵了，于是有人把这件事告诉了楚王。楚王听说之后也很感动，就召见了这个路人，重重地赏赐了他，赏赐的财物比他当时买野鸡花的钱多了十倍都不止。

扫码听音频

蒙鸠为巢

《荀子》

南方有一种鸟，叫蒙鸠。蒙鸠不怕苦不怕累，先用自己的羽毛做巢，又用毛发仔仔细细地编织起来，但是巢筑成之后，它们却把巢安在芦苇的茎上。芦苇的茎是很脆弱的，大风一刮就折断了，蒙鸠的巢当然也随之掉下来，巢里的蛋被摔碎了，小雏鸟也被摔死了。蒙鸠的巢做得那么精致而坚固，却还是避免不了这么悲惨的结局，就是因为它们把巢筑在了脆弱的地方啊！

主题

这则寓言故事强调了做事情必须先打好基础。万丈高楼平地起，基础要扎实。如果基础不牢，工作再认真细致，付出再多的劳动，也不会成功。

扫码听音频

自相矛盾

《韩非子》

有一个楚国人在集市上卖长矛和盾牌，他先夸耀自己的盾是多么坚硬，说：“我的盾是世界上最坚固的，没有什么东西可以刺穿它！”然后又夸耀自己卖的矛说：“我的矛是世界上最锋利的，什么东西都可以刺穿！”集市上的人听了忍不住问他：“既然你说自己的矛和盾都这么厉害，那如果用你的矛去攻击你的盾，又会怎么样呢？”那个人回答不上来，大家都笑话他。在这个世界上，不会被刺穿的盾牌和可以刺穿一切的矛是不可能同时存在的呀！

一鸣惊人

扫码听音频

《韩非子》

楚庄王治理朝政三年，没有发布过一项政令，也没有做出什么政绩。右司马[1]来拜见庄王，向他说了一个隐语："有一只鸟停驻在南方的阜山[2]上，三年不展翅，不飞翔，也不鸣叫，沉默无声，这是什么鸟呢？"楚庄王说："这只鸟三年不展开翅膀，是为了生长羽翼；三年不飞翔不鸣叫，是为了观察民间的法度。这只鸟虽然还没有起飞，一旦起飞必将冲上云霄；虽然还没有鸣叫，一旦鸣叫一定会让人大吃一惊。你放心，我知道该怎么做。"又过了半年，楚庄王开始亲自处理朝政，废除十项旧政策，同时施行九项新政策，杀掉了五个大奸臣，提拔六名隐士[3]做官，楚国出现了局势安定、经济繁荣的局面。楚庄王带兵讨伐齐国，在徐州战胜了齐国军队，在河雍

好词好句

楚庄王通过比喻，申明了自己的真实想法，表明了自己三年来不理朝政的真实意图，从中可见他的智谋与韬略，充满气势。

---

① 右司马：古代官名，负责管理军队。

② 阜（fù）山：土丘。

③ 隐士：隐居的人。这里指有学问和才干却不出来做官的人。

战胜了晋国军队，又在宋国与诸侯们结盟，使楚国称霸天下。楚庄王从不因为小事而加害忠善的人，因此获得了好名声；没有早早显露自己，而是韬光养晦，才建立了大的功业。所以说："越大的器皿在铸造时，成型越晚，最宏大美妙的声音反而是无声之音。"

主题

楚庄王一鸣惊人的故事启示我们，力量与才华要在适当的时机展露，才有可能发挥最大的作用。我们平时要做的便是默默积蓄力量、培养才能。

我的解读

扫码听音频

智子疑邻

《韩非子》

宋国有个富人，有一次，因为天下大雨，他家的院墙被冲出了很大一个缺口。他的儿子说：“父亲，咱家院墙的这个缺口如果不赶紧修好，会有小偷进来的！”他的邻居也说：“你家院墙的这个缺口如果不赶紧修好，会有小偷进去啊！”可是这个富人没当回事儿，结果当天晚上他家果然丢了很多值钱的东西。这家人都称赞自己家的儿子真聪明，早就想到会有小偷进来，然后又都怀疑偷东西的一定就是那个邻居，因为他自己都说了可以从这个缺口进来偷东西。

主题

这个寓言故事告诉我们，要尊重事实、实事求是，不要将亲疏远近作为判断是非的标准。

扫码听音频

画孰最难

《韩非子》

有位画家来给齐王作画，齐王问他："你觉得画什么最难呢？"画家回答："画狗和马是最难的。"齐王又问："那画什么最容易呢？"画家说："我认为画鬼怪最容易。狗和马谁都知道，谁都见过，随处都有，随时可见，不容易画得像，所以是最难的；鬼怪就不一样了，他们没有确定的形态，也没人见到过，所以是最好画的。"

三人成虎

《韩非子》

战国时期，魏国的庞恭要陪伴太子到赵国邯郸去当人质，走之前，他对魏王说：“现在如果有一个人说街市上有只老虎，大王您会相信吗？”魏王说：“不会。”接着他又问：“如果两个人说街市上有老虎呢？您会信吗？”魏王回答：“那我会有些疑惑了。”庞恭继续问：“如果三个人都说街市上有老虎呢？您会相信吗？”魏王说：“三个人说的话，我就会相信了。”庞恭对他说：“街市上没有老虎是很明显的事，可是三个人都说真有，大王就相信了。现在我要到邯郸去了，邯郸距离大梁[1]比我们距离街市要远得多，而对我议论纷纷的人也一定不会只有三个，希望大王您能明察。”魏王说：“我知道该怎么做。”于是，庞恭就向魏王辞行前往邯郸。

很快，各种诽谤[2]、抨击[3]庞恭的话就传到魏王的耳朵里了。后来，太子不再做人质，和庞恭一起从赵国回到了魏国，而魏王却听信了谗言，再也没有召见庞恭。

---

① 大梁：战国时期魏国的都城。

② 诽谤（fěibàng）：无中生有，说人坏话，毁人名誉；诬蔑。

③ 抨（pēng）击：用语言或文字来攻击（某人或某种言论、行动）。

扫码听音频

远水不救近火

《韩非子》

鲁国的君主鲁穆公派自己的儿子们去其他国家做官，有的公子去了晋国，有的公子去了楚国。鲁穆公认为这样做能和晋国、楚国这些强大的国家建立起牢固的友谊，有利于鲁国的安全。他的大臣犁鉏[1]劝他说：“虽然越国的人最善于游泳，但是如果咱们国家的小孩儿掉进了水里，却不可能跑到越国去请人救援，因为等他们赶来了，孩子早就淹死了。远离海岸的房子失火了，如果非得到海里去取水救火，虽然海水多得很，火却一定扑灭不了，因为远处的水再多也不能浇灭近处的大火啊。现在，晋国、楚国虽然很强大，但是离鲁国最近的大国却是齐国，一旦鲁国遭到了攻击，恐怕晋国、楚国都难以援救鲁国吧！”

主题

我们在遇到事情的时候，要优先考虑事情的紧急程度，根据轻重缓急来分配可利用的资源，不能依靠将来可能有的有利条件来解决当前的危机，应当脚踏实地，设身处地地考虑当下紧急的问题。

① 犁鉏（chú）：鲁国大臣。

扫码听音频

守株待兔

《韩非子》

从前，宋国有一个农民，每天都在田地里辛苦地劳作。田地边有一棵大树，有一天这个农民正在干活儿，一只兔子飞跑过来，不小心撞到树干上，撞断了脖子死掉了，他不费吹灰之力就白捡到一只兔子。从此之后，这个农民就放弃了地里的农活，每天坐在那棵大树下等啊等，希望再像那天一样捡到兔子。但是哪有这么巧合的事情呢？他不仅没能再等到兔子，还被宋国上上下下的人嘲笑。

扫码听音频

涸泽之蛇

《韩非子》

一个大湖的水干了，湖里的蛇要搬到别的地方去生活。一条小蛇对一条大蛇说：“如果你在前边走，我在后边跟着，那人们都知道我们只不过是普通路过的蛇，一定会有人打死我们！不如你用嘴把我衔起来带着我走，人们看到后就会以为我是什么神灵，不敢伤害我们，我们就能安全到达了。”大蛇听了认为很有道理，就衔起小蛇，带着它在大道上爬行。人们看到它们，果然都赶紧躲开，还说：“这是神灵啊！”

二人相马

扫码听音频

《韩非子》

伯乐[1]教两个人辨认什么样的马爱踢人，这两个人学了之后，就一起去赵简子的马棚里相马，想检验自己是不是真的学会了。一个人很快指出了爱踢人的马，便从后面试探着摸那匹马，可是摸了它的大腿好几次，那匹马却并不踢人。这个人很懊恼[2]，以为自己认错了。另一个人却说："你没有认错，它确实是匹爱踢人的马，只是它现在扭伤了前腿根和膝盖。凡是爱踢人的马，都是举起后腿踢，这时它的重心就得落在前腿上。这匹马前膝肿大，不能支撑全身重量，所以后腿就抬不起来，不能再踢人了。您虽然很会辨认踢人的马，却没有注意到它前膝受了伤啊！"

主题

这则寓言让我们明白世界是复杂的，看待问题需要全面，切忌教条主义和生搬硬套，要具体问题具体分析。

① 伯乐：春秋时期的相马大师。

② 懊（ào）恼：心里别扭；懊悔烦恼。

郑人置履

《韩非子》

有一个郑国人想去买鞋，他先在家里用绳子量好了自己脚的尺码，随手把尺码放在了座位上，去了集市后才发现忘了带上自己量好的尺码。鞋子已经拿在手里了，他却说：“我忘记拿量好的尺码了！”于是赶紧返回家中去取。可是等他再回到集市的时候，这一天的集市已经散了，这个人因此没有买到鞋子。有人问他：“你为什么不直接用自己的脚试试鞋呢？”他回答说：“我宁可相信尺码，也不相信自己的脚。”

扫码听音频

老马识途

《韩非子》

管仲[1]与隰朋跟随齐桓公讨伐孤竹国，他们去的时候是春天，而战胜回国的时候已经是冬天了，路上景物的变化很大，使他们迷了路。管仲说：“这个时候就用得上老马的智慧了！”于是他们找出几匹年老的马，放掉缰绳，让它们在前边走，其他的人和马都跟在它们后面，果然找到了正确的返程道路。

走到山里的时候，水喝完了，隰朋说：“蚂蚁冬天的时候住在山的南面，夏天的时候住在山的北面，如果蚂蚁巢穴周围防雨水的土高过地面一寸，那巢穴下边七八尺深的地方一定有泉水。”于是他们就寻找符合描述的蚂蚁巢穴，找到之后再挖掘，果然挖到了泉水。

主题

这则寓言告诉我们，对于不了解的事情，要多向有经验的人求教学习。

① 管仲：春秋时期齐国著名政治家、思想家，和隰（xí）朋同为辅佐齐桓公的大臣。

扫码听音频

买椟还珠

《韩非子》

从前，有一个楚国人在郑国卖珠宝，他用珍贵的木兰[1]雕了一个漂亮的盒子，先用桂椒[2]制成的香料熏过，又在盒子上点缀了很多精致的翡翠、玫瑰石等宝石，十分吸引人。他把要卖的珍贵的珠宝放到这个美丽的盒子里。有个郑国人买走了这个盒子，却把里面的珠宝还给了楚国商人。这种情况可以说是这个商人善于卖盒子，却不善于卖珠宝吧！

主题

在这个故事中，楚国商人本末倒置，不在珠宝上做工夫，而在外盒上倾注了大量精力；郑国人同样本末倒置，买走了廉价的盒子，却还回了珍贵的珠宝。这启示我们要关注事物的本质和真实价值，不要被华而不实的表象迷惑。

① 木兰：一种生长在我国中部地区的稀有树木，木材有香气。

② 桂椒（jiāo）：肉桂及山椒，这里泛指高级香料。

扫码听音频

曾 子 杀 猪

《韩非子》

曾子的妻子要去市场买东西，他的儿子就跟在妻子身后一直哭，不让妈妈走。妻子便说：“你不要哭，等我回来杀猪给你炖肉吃。”等到妻子从集市回来，曾子马上去抓猪打算杀掉，妻子赶紧阻止他说：“不要真的杀啊，我不过是和孩子开玩笑罢了！”曾子说：“即使是小孩子，也不能随便和他们开玩笑。小孩子还不能独立思考，只是模仿父母的行为，听从父母的教导。今天你欺哄他，就是在教他欺骗别人。母亲对孩子说谎，孩子就不会相信母亲了，这并不是教育孩子的好方法啊！”于是真的杀了猪给孩子炖肉吃。

扫码听音频

滥 竽 充 数

《韩非子》

齐宣王听人吹竽的时候，一定要听三百个人一起合奏。有一个姓南郭的处士[1]其实根本不会吹竽，却也趁机请求为齐宣王吹竽。齐宣王十分高兴，不仅同意了他的请求，还赏赐他足够数百人吃的粮食作为报酬。齐宣王死后，齐湣王[2]继位，他也喜欢听竽，但与齐宣王不同的是他喜欢听独奏。南郭处士听到这个消息，知道自己没办法再假装下去，就赶紧跑掉了。

主题

弄虚作假经不住时间的考验，终究会露出马脚，只有真才实学才能立于不败之地。我们要想有好的发展，只能靠自己的真才实学和脚踏实地的付出。

① 处（chǔ）士：原来指有德才而隐居不愿做官的人。后来泛指没有做过官的读书人。

② 齐湣（mǐn）王：战国时期齐国第六任国君。

扫码听音频

释车而走

《韩非子》

齐景公在渤海游玩时，传信的人从城里骑马赶来，向他禀告说：“晏婴病情严重，快要不行了，恐怕您要在他死后才能见到他了。”景公立刻起身回城。这时又一个骑马传信的人赶到，景公意识到晏婴的情况十分危急，就说：“赶快用最好的千里马拉车，让最好的骑手韩枢亲自驾车！”马车行驶了几百步，景公觉得不够快，就抢过马鞭来自己驾车，不用韩枢了；又前行了几百步，他又认为马车的速度还没有跑步快，就跳下马车自己跑。

主题

这个故事中的齐景公在危急时刻自乱阵脚，闹出了很大的笑话，这警示我们越是危急时刻越要保持冷静，一味着急反而会影响处理事情的效率和结果。

扫码听音频

和 氏 璧

《韩非子》

楚国人卞和在荆山获得了一块璞玉[1]，他捧着这块玉献给楚厉王。楚厉王召来玉匠鉴定，玉匠看了之后却说："这就是一块石头！"楚厉王认为卞和故意欺骗自己，就下令砍掉了他的左脚。

楚厉王死后，楚武王做了楚国的国君，卞和又捧着他的玉来献给楚武王。楚武王也召来一个玉匠做鉴定，可是这个玉匠看了之后还是说："这就是一块石头！"于是楚武王认为卞和当年骗不了楚厉王，现在又来骗自己，生气地下令砍掉了他的右脚。

又过了些年，楚武王也死了，楚文王做了楚国的国君。卞和在荆山脚下抱起他的璞玉放声大哭起来，就这样哭了三天三夜，泪水都哭干了，眼中流下了鲜血。

好词好句

通过对卞和痛哭的细致描写，让我们感受到了他此时的巨大痛苦。

楚文王听说了，就派人去问他："天底下因犯了罪而被砍掉脚的人也有很多，为何唯独你哭得这么惨呢？"卞和回答说："我并

① 璞（pú）玉：没有经过雕琢、看起来像石头的玉。

不是因为自己的脚被砍掉了而痛哭，我痛心的是宝贵的玉石被当作普通的石头，正直的人被当作骗子，这才真是可悲啊！”

楚文王连忙命令玉匠剖开那块璞玉，发现果然是块珍宝，于是将它雕刻成一块珍贵无比、价值连城的玉璧，楚武王将这块玉命名为“和氏之璧”。

主题

这则寓言赞扬了卞和对真理的执着精神，告诉我们真理可能一时不被认可，但坚持下去终会得到证明。

我的解读

扫码听音频

解 疙 瘩

《吕氏春秋》

有个鲁国边境地区的人献给宋元王一个连环结，宋元王在国内传下号令，让聪明的人都来想办法解这个绳结。过了好几天，也没有人能解开。兒说[1]的学生请求去解绳结，但他只能解开其中的一个，解不开另一个，他还解释说：“并不是可以解得开而我不知道怎么解，而是这个绳结本来就不是可以解开的。”宋元王问献连环结的那个鲁国人是不是这样，他回答：“没错，其中一个本来就解不开。我是制作这个连环结的人，所以我知道解不开，而这个人也知道这是解不开的，他实在是比我这个结绳者还高明啊！”像兒说的学生这样，就用“不可以解开”这样的答案解决了绳结的难题。

主题

在这则寓言中，兒说的学生看出了其中一个结是死结，从而避免了浪费多余的精力和时间，这启示我们要学会抓住事物的本质，从实际出发才能解决问题。

① 兒（ní）说：战国时期宋国人，以能言善辩著称。

扫码听音频

掩耳盗钟

《吕氏春秋》

春秋时期，晋国范氏[①]一族逃亡之后，有个人趁机从他家偷了一口钟。这个人本想背着钟逃跑，但是这口钟太大了，根本背不动，于是他就想用槌子把钟砸碎后再带走。可是刚一开始砸，钟就发出了巨大的响声。他生怕别人听到钟声来把钟夺走，就急忙把自己的耳朵紧紧捂住。捂住自己的耳朵确实听不见钟声了，但他以为别人也听不到就太荒谬[②]了。

---

① 范氏：指春秋时期晋国的贵族士氏，因士会（范武子）获封范地为食邑，故称范氏。

② 荒谬（miù）：极端错误；非常不合情理。

扫码听音频

穿井得一人

《吕氏春秋》

宋国有一个姓丁的人，他家里没有水井，一家人必须去远处打水浇灌农田，所以他家就总有一个人留在外边打水，家里也就总是少一个人。后来这家人终于在家里挖了一口水井，于是非常高兴地对别人说：“这下好了，挖了这口水井，我们家就等于是得到了一个人！”听到的人们就把这句话传开了：“丁家挖了一口水井，结果得到了一个人！”全国的人都在谈论这件事，最后传到了宋国国君的耳朵里。国君派人来询问这个姓丁的人究竟是怎么回事，姓丁的人说：“是多得到了一个可以留在家里干活儿的人，并不是从井里挖到了一个人啊！”

主题

这则寓言和《三人成虎》类似，都揭示了消息在传播过程中容易出现偏差的现象，这警示身处信息时代的我们一定要仔细辨别各类信息，避免成为谣言盲目传播的一环。

扫码听音频

唇亡齿寒

《吕氏春秋》

晋国和虢国[1]之间隔着一个虞国，晋国想攻打虢国，但必须经过虞国，于是晋献公派大臣荀息向虞国借路。荀息说：“请把垂棘[2]出产的美玉和屈邑[3]出产的良马作为见面礼献给虞国国君，这样借路的事情定能成功。”晋献公说：“垂棘的美玉是先王留下的珍宝，屈邑的良马是我的心头最爱，如果虞国国君接受了我的礼物却不肯借路给我，那该怎么办？”荀息说：“不会的。如果他不肯借路，就不会收礼；如果他收下了礼物并借路给我们，就等于把珍宝从府库内搬到府库外，把马从马厩里牵到马厩外，您又有什么可担心的呢？”晋献公答应了，于是派荀息将垂棘的美玉和屈邑的良马作为献礼送给虞国国君，并说明了希望借路攻打虢国的请求。

虞国国君十分贪爱美玉和良马，想答应借路一事。虞国大臣

---

① 虢（guó）国：西周时期的小诸侯国。

② 垂棘（jí）：春秋时期晋国的属地，盛产美玉。

③ 屈邑（yì）：古代地名，在今山西省，以盛产良马闻名。

宫之奇进谏①说:“不能借路啊！虞国与虢国之间的关系，就好像人的牙齿和嘴唇一样。嘴唇保护牙齿，牙齿又支撑着嘴唇，古人说的‘唇亡齿寒’就是这个道理。虢国之所以没有灭亡，是因为依靠着虞国的保护；虞国之所以不亡，也是仰仗着虢国的保护。如果借路给晋国，那么虢国灭亡之日也就是虞国亡国之时。既然如此，我们怎么还能够借路给晋国呢？”虞国国君不听劝阻，坚持把路借给了晋国。

荀息带兵攻打虢国，虢国灭亡。他回程途中又趁机攻打了虞国，虞国也灭亡了。荀息拿回美玉，牵回良马，到晋献公前复命。晋献公十分高兴地说:“美玉仍旧是那块美玉，马也只是年龄长了些而已。”

① 进谏（jiàn）：以忠言规劝（君主、尊长等）。

扫码听音频

祁黄羊举贤

《吕氏春秋》

晋平公问祁黄羊："南阳缺一个长官，你觉得谁适合担任这个职位呢？"祁黄羊说："解狐①可以担任。"晋平公很好奇："解狐不是你的仇人吗？"他回答道："大王是问我谁适合做南阳长官，而不是问谁是我的仇人。"晋平公说："好！"于是授予了解狐这一官职，百姓都称赞这个决定正确。过了一段时间，晋平公又问祁黄羊："军队没有主管，你觉得应该派谁去呢？"祁黄羊回答："祁午可以。"晋平公问："祁午不正是你的儿子吗？"祁黄羊说："大王是在问我谁适合管理军队，而没有问我的儿子是谁。"晋平公说："好！"因此任命祁午为军事统帅，这也得到了全国百姓的一致认可。

主题

祁黄羊推荐人才只以才能为标准，不论亲仇，因此经得起事实的考验。在日常生活中，我们也要学习祁黄羊这种大公无私的精神。

① 解（xiè）狐：春秋时期晋国的大夫。

扫码听音频

刻舟求剑

《吕氏春秋》

有一个楚国人乘船过河，一不小心把随身携带的佩剑掉进了河里，他连忙在船边上刻了个记号，说：“我的剑就是从这里掉下去的。”等到船靠了岸，他就从做记号的地方跳进河里去找剑了。船一直在走，但是掉进河中的剑并不会跟着船一起走，楚国人找剑的方法难道不是很愚蠢吗？

主题

世界上的事物总处在不断的变化发展中，因此，做事情不能死守教条、墨守成规，要具体情况具体分析，否则便会闹出刻舟求剑这样的笑话。

扫码听音频

狐假虎威

《战国策》

老虎非常凶猛，它每天抓各种动物当作食物。有一天，老虎抓到了一只狐狸，正准备吃掉它的时候，狐狸说："你不能吃我！你知道我是谁吗？老天爷命令我统领天下所有大大小小的动物，今天你要是吃了我，就是违抗了老天爷的意思，你敢吗？你如果不信，我走在你前面，你跟在我身后，你看看其他动物看见我有不跑的吗？"老虎同意了，就和狐狸一起走。动物们看到它们都吓得逃跑了。但是老虎并不知道动物们是因为害怕自己才逃走的，还以为它们是害怕狐狸呢！

主题

这则寓言讽刺了那些假借别人的威势作威作福的势利小人，也讽刺了那些看不透本质、被人利用而不自知的糊涂虫。

扫码听音频

南辕北辙

《战国策》

魏王想攻打邯郸，大臣季梁听说这个消息时正在外地，他连忙半路返回，来不及整理皱皱巴巴的衣服，也没有洗干净头上的尘土，就去拜见魏王说：“大王，今天我来的时候，在路上遇见了一个人，正朝着北方驾车行驶，他告诉我说：‘我想到楚国去。’我说：‘你去楚国为什么往北走呢？楚国在南边啊！’他说：‘我的马很精壮。’我说：‘你的马虽然很精壮，可这不是去楚国的路。’他说：‘我的路费很多。’我说：‘你的路费虽然多，可这不是去楚国的路。’他又说：‘我的马夫善于驾车。’他说的这几个条件越好，他离楚国就越远。如今大王想成为霸主，那就应该想办法取信于天下。现在您却依仗魏国的强大、军队的精锐，去攻打邯郸，扩展土地，让更多的国家敬畏您的名字。您这样的行动越多，您距离称霸天下的理想就越远。这就跟那个人想去南边的楚国却一直向北走是一样的啊。”

扫码听音频

鹬蚌相争

《战国策》

一只河蚌从水里爬上岸，张开双壳晒太阳，一只鹬鸟看到后飞来啄它的肉，河蚌马上闭拢自己的壳，夹住了鹬鸟的嘴。鹬鸟说：“你要是不放开我，就这么待着，今天不下雨，明天不下雨，你就会被晒死！”河蚌毫不示弱，也对鹬鸟说：“我不放开你，今天你的嘴抽不出来，明天也抽不出来，你就会被饿死！”它们两个谁都不肯松开对方，结果一个渔夫看到了，很轻松地就把它们俩一起捉走了。

扫码听音频

亡羊补牢

《战国策》

从前，有个人养了一群羊。一天早上他准备出去放羊，发现少了一只。他仔细检查了一下，发现羊圈破了个窟窿。邻居劝他说：“准是昨天晚上有狼从那个窟窿钻进去叼走了你的羊，你赶快把羊圈修一修，堵上那个窟窿吧！”他却不听邻居的劝告，说：“羊都已经丢了，还修羊圈干什么呢？”第二天早上，他到羊圈里一看，发现又少了一只羊。原来昨晚狼又从那个窟窿钻进去叼走了一只羊。他后悔不听邻居的劝告，赶紧堵上了那个窟窿，把羊圈修补得结结实实。从此，他的羊再也没有丢过。

扫码听音频

百发百中

《战国策》

楚国有一个叫养由基的人擅长射箭，他站在距离柳树一百步远的地方射向一片柳叶，每次都能正中叶心，旁边观看的人都竖起大拇指称赞他。有一个路过的人看到后对养由基说：“你的射箭技术真不错，我可以教你射箭了！”养由基正在得意，听到过路人这样说很不开心，就说：“大家都说我射箭厉害，既然你觉得可以教我射箭，那为什么不来替我射中那片柳叶呢？”那个人回答：“我确实不能教再你如何伸直左臂拿弓，弯曲右臂拿箭。你刚刚确实每次都可以射中柳叶，但是你不善于调整自己的气息，这样用不了多久就会觉得很累，没有力气了。一箭射不中，之前的努力就都白费了啊。”

主题

在这个故事中，养由基取得了一定的成绩后便骄傲自满，看不到自身还存在的不足之处，这启示我们学无止境，不能因一时的成就而沾沾自喜、不思进取，要精益求精，努力超越自我。

扫码听音频

惊弓之鸟

《战国策》

从前，魏国有一个射箭的能手，名叫更羸。

一天，更羸与魏王坐在一座高台下，抬头看见很远的空中有一只飞鸟，便对魏王说：“我愿为大王表演一个拉弓虚射就能让鸟掉下来的技能。”魏王说：“您的射箭技术能达到这么高的水平吗？”更羸说：“能。”过了一会儿，一只大雁从东方飞来，更羸不搭箭，空拉了一下弦，这只大雁就从半空中掉了下来。魏王惊叹道：“太神奇了！难道射箭的技艺真的可以达到这种地步？”更羸解释说：“其实是因为这只鸟有伤在身。”魏王更疑惑了：“那先生是怎么知道它有伤的呢？”更羸回答说：“它飞得慢，叫声也很哀伤。飞得慢是因为伤口疼痛，叫声哀伤是因为长久离开同伴。它的旧伤没有愈合，惊恐的心理没有消除，一听见弓弦的响声就奋力向上飞，伤口就裂开了，因此掉落下来。”

主题

“惊弓之鸟”说的是被弓箭吓怕了的鸟不容易安定，后来形容受过惊吓的人碰到一点儿动静就非常害怕。故事中的更羸能做到虚拉弓弦就惊下飞鸟，与他极强的观察和分析能力分不开，我们也应该学习他这种心细如发、明察秋毫的本领。

扫码听音频

邹忌①进谏

《战国策》

邹忌身高八尺多，相貌英俊。有一天早晨他穿戴好衣帽，照着镜子问妻子：“我和城北的徐公相比，谁更英俊呢？”妻子说：“您更英俊，徐公怎么能比得上您呢！”城北徐公是齐国有名的美男子，邹忌不相信自己比徐公更英俊，于是又问他的小妾说：“我和徐公相比，谁更英俊？”小妾说：“徐公怎么比得上您呢？”第二天，有客人来拜访邹忌，两个人坐着谈话。邹忌问客人：“您觉得我和徐公相比，谁更英俊？”客人说：“徐公不如您英俊啊。”

又过了一天，恰好徐公前来拜访，邹忌仔细观察后觉得自己并不如徐公英俊；再照着镜子看看自己，更觉得远远比不上徐公。晚上他躺在床上一直想这件事，突然明白过来：“妻子认为我英俊，是偏爱我；小妾认为我英俊，是惧怕我；客人认为我英俊，是有事情要求我帮忙啊！”

于是邹忌上朝拜见齐威王，说：“我确实知道自己不如徐公英俊，可是我的妻子偏爱我，我的小妾惧怕我，我的客人有求于我，于是他们都说我比徐公英俊。如今的齐国，国土方圆千里，

① 邹忌：战国时期齐国大臣，政治家。

有一百二十座城池，宫中的妃嫔和身边的近臣，没有不偏爱大王的；朝廷中的大臣，没有不惧怕大王的；国内的百姓，没有不对大王有所求的。由此看来，大王受到的蒙蔽一定更加严重啊！”齐威王说：“你说得很对。”于是下了一道命令：“所有的大臣、官吏、百姓，能够当面批评我的过错的，可得上等奖赏；能够上书劝谏我的，得中等奖赏；能够在公共场所批评、议论我的过失，并传到我耳朵里让我听到的，得下等奖赏。”

政令刚一下达，所有大臣都来进言规劝，宫廷内外就像集市一样喧闹。几个月以后，偶尔还有人进谏。一年以后，即使有人想进言，也没有什么可说的了。燕、赵、韩、魏等国听说了这件事，都到齐国来朝见齐威王。这就是人们所说的，通过朝廷内的举措，而不用兵，就战胜了其他国家。

扫码听音频

画蛇添足

《战国策》

有一个楚国人在家里举行祭祀，仪式结束后把一杯祭酒赏给了门客。门客们得到这杯酒后商量说：“这一杯酒我们几个人分着喝根本不够，还不如让一个人喝个痛快。这样吧，我们每个人在地上画一条蛇，谁最先画好，谁就能喝到这杯酒。”于是大家开始画蛇。其中一个人动作最快，最早完成，便拿起酒杯准备喝。他左手拿着酒杯，右手继续画蛇，得意地说：“我再给它画几只脚吧！”还没等他画完，另一个人画好了蛇，一把夺过了酒杯，说：“蛇本来就没有脚，你怎么能给它画脚呢！”说完就夺过他的酒杯把酒喝掉了。自作聪明给蛇加上脚的人，最终失去了本来属于他的酒。

扫码听音频

千金买马

《战国策》

从前有个国君非常想得到一匹千里马[1]，他派人到处去寻找，并愿意出千金来买，但三年过去了都没有买到，国君因此很不开心。一个侍臣就对国君说："我有办法，请您派我去买千里马吧！"国君同意了。侍臣出去三个月后找到了一匹千里马，可马已经死了，于是他就用五百两金子买下那匹马的头，带着马头回来见国君。国君十分生气，说："我想要的是活马，你为什么白花五百两金子买一匹死马的马头呢？"侍卫回答道："死马都舍得用五百两金子来买，更不要说是活马了。这样一来全天下的人都确定您是真心想买千里马的。放心吧，您很快就能得到千里马了！"果然，不到一年的时间，这个国君就买到了好几匹千里马。

主题

这则寓言启示我们不要因眼前的利益而忽视长远的打算。联系到日常生活，则启示我们要有长远规划，并愿意为了长远规划付出一定代价。

① 千里马：十分善于奔跑的马，据说可以日行千里。

扫码听音频

两汉寓言

嗟[1]来之食

《礼记》

有一年，齐国发生了大饥荒。有个叫黔敖的富人在路边设了一处粥棚，给路过的饥民提供食物。这时候，有一个人用衣袖遮着脸，拖着脚步，摇摇晃晃地走了过来，一看就是饥饿过度了。黔敖左手拿着食物，右手端着汤，大声冲他吆喝说：“喂！来吃吧！”没想到那人却抬起眼睛直视着黔敖说：“我饿成这样，就是因为不愿吃别人吆喝着施舍给我的食物。”黔敖听了，连忙上前向他道歉，但那个人还是不肯吃黔敖给的食物，最终饿死了。

主题

这则寓言说的是做人应自尊自爱，保持尊严和操守。但从另一方面来看，我们遭遇困境时也应该接受他人发自内心的、善意的帮助，不能因过度维护自尊心而使自己陷入绝境。

① 嗟（jiē）：招呼声。

扫码听音频

塞 翁 失 马

《淮南子》

古时候，靠近边塞的地方居住着一个老人，有一天，他家的马无缘无故跑到胡人[1]那边去了。邻居们都来安慰他不要因为丢了马而伤心，这个老人却说："你们怎么知道这就不是福气呢？"

过了几个月，他家跑丢的那匹马带着一群胡人的骏马回来了。人们听说马不但失而复得，还有了另外的收获，都来祝贺他。这个老人又说："你们怎么知道这就不是祸患呢？"人们都对他的话感到十分不解。

家里有了很多好马，老人的儿子又喜欢骑马，结果有一天不小心从马上摔下来摔断了大腿。人们都来看望他儿子的伤势，劝说老人不要担忧，老人这次同样很平静地对大家说："你们怎么知道这就不是福气呢？"

过了一年，胡人大举进攻边塞，壮年男子都得拿起弓箭去打仗。战争过后，参战的男子绝大多数都战死沙场，这个老人的儿子却因为腿瘸的缘故没有被征去打仗，父子俩都在战争中保全了性命。

① 胡人：古代对北方和西域各民族人民的称呼。

田忌[1]赛马

《史记》

田忌经常与齐国众公子赛马，赢了的人可以得到许多财宝。一天他们又聚在一起赛马，孙膑[2]发现他们的马实力都差不多，每个人的马都可以分为上、中、下三等，于是对田忌说：“您只管按我的方法派出马匹，我一定能让您取胜。”田忌相信他，就与齐王和诸公子约定择日赛马。

比赛即将开始时，孙膑告诉田忌自己的安排：“比赛时，用您的下等马与他们的上等马比赛，拿您的上等马与他们的中等马比赛，拿您的中等马与他们的下等马比赛。”这样一来，三场比赛结束后，田忌败一场胜两场，最终赢得了千金。田忌把孙膑推荐给齐威王，齐威王向孙膑请教兵法，把他奉为老师。

主题

在这个故事中，孙膑通过仔细的观察和巧妙的安排，最终赢得了比赛。这启示我们要扬长避短，多发挥强项，同时要打开思路，避免僵化和套路。

① 田忌：战国时期齐国名将。

② 孙膑（bìn）：战国时期著名的军事家、谋略家。

扫码听音频

抱 薪 救 火

《史记》

战国时期，魏国总是受到秦国的侵略。魏国军队的接连战败使当时的国君安釐王[1]十分不安，于是他听从一些臣子的意见，以向秦国割让土地的方式来换取和平。

苏代[2]得知魏国割地求和的事后，就对安釐王说：“侵略者都是贪婪的，他们没有满足的时候。你想用领土、主权去换取和平，这是不可能实现的，只要你还有一小块儿国土，他们侵略的欲望就不会满足。这就好比抱着柴草去救火，将柴草一把一把地扔到火中，火怎么可能被扑灭呢？柴草一天不烧完，火就一天不会熄灭。”

好词好句

此处苏代通过抱薪救火的比喻，生动形象地论证了割地求和的本质，通俗易懂，体现出善于辩说的特点。

尽管苏代讲得这么清楚、生动，但是胆小的安釐王为了眼前的太平，还是一门心思向敌人求和，根本不听苏代的话，把魏国大片的土地割让给了秦国。

---

① 安釐（xī）王：战国时期魏国的第六任君主。

② 苏代：战国时期著名纵横家。

局势的发展果然像苏代说的那样，秦国的野心越来越大，它在灭掉韩国、赵国后全力进攻魏国，残忍地掘开黄河大堤让洪水淹没了魏国的首都——大梁，彻底吞并了魏国。

主题

这则寓言告诫我们想解决问题或消除灾祸，应当认真分析研究问题的本质，找出正确的应对方法，否则只会使问题或灾祸更严重。

我的解读

扫码听音频

指鹿为马

《史记》

秦始皇死后，赵高[1]的权力越来越大，野心也越来越大，他想自己当皇帝，但又担心大臣们不会轻易听从他的摆布，就想了一个办法，要试一试有多少大臣支持他。一天上朝的时候，赵高牵了一头鹿献给秦二世[2]，说：“陛下[3]，这是上好的千里马。”秦二世大笑说：“丞相弄错了吧？这明明是一头鹿，怎么说是马呢？”赵高坚持说这是一匹马，又说：“陛下可以让在场的各位认一认这是马还是鹿。”秦二世就询问在场的大臣们，大臣们有的不说话，有的为了讨好赵高而说是马，也有实话实说这是鹿的，但随后赵高就暗地里陷害那些说实话的人。此后，大臣们都畏惧赵高。

① 赵高：秦朝时的宦官。

② 秦二世：秦朝第二个皇帝胡亥，秦始皇的小儿子。

③ 陛（bì）下：对君主的尊称。

扫码听音频

叶公[1]好龙

《新序》

叶公是出了名的喜欢龙，腰带的带钩[2]上、盛酒的容器上都雕刻着活灵活现的龙，卧室里陈设上雕刻着的装饰也都是龙。大家都知道他很喜欢龙。天上的真龙听说后很感动，觉得这个人是真的很喜欢自己，于是就想满足他的心愿让他见见真龙。这一天，龙从天上飞到叶公家里，把头搭在窗台上朝屋里张望，而龙尾则伸到了厅堂里。叶公听到声音跑了过来，看到真龙转身就逃，吓得就像丢了魂似的，神色惊惧不定。龙只好失望地飞走了。由此看来，叶公并不是真的喜欢龙，他喜欢的只不过是那些像龙的东西啊！

---

① 叶公：本名沈诸梁，因封邑在叶地，而被称为“叶公”。

② 带钩：束腰革带上的钩，多用金属制作，或为动物形状，或铸有花纹。

扫码听音频

螳螂捕蝉

《说苑》

春秋时期，吴王想攻打楚国，然而朝中许多大臣都反对，吴王就下令:“敢进谏阻止我攻打楚国的，立即处死！”有一个少年，知道自己地位低下，说话没有分量，直接进谏的话等于白白送死，于是他想了一个办法，每天都拿着一个弹弓、揣着圆石子在后花园游玩，被露水打湿了衣服也不在意，连着三天他就这样游荡。吴王觉得很奇怪，就问他在这儿做什么。少年回答说:“园子里有一棵树，树上有只蝉，它一边高兴地唱着歌一边喝着甘甜清凉的露水，却不知道螳螂正在身后虎视眈眈地看着它呢。螳螂一心想捕蝉，准备扑上去时，却不知道黄雀就在旁边等着抓它。而黄雀只顾得眼前的螳螂，却没有看到我正在树下拿着弹弓对着它呢！这三种小动物都只看到了自己眼前的猎物，却忽视了身后存在的危险啊！”吴王听了他的话后觉得非常有道理，于是打消了攻打楚国的念头。

主题

这则寓言通过形象生动的譬喻，向我们说明了在考虑问题、处理事情时，要深思熟虑，不要只顾眼前利益而不顾后果的道理。

扫码听音频

炳烛而学

《说苑》

晋平公问师旷①说：“我今年已经七十岁了，现在想学习是不是已经太晚了？”师旷回答说：“您为什么不点燃蜡烛学习呢？”晋平公有点儿不高兴，说：“我是在认真地请教啊，哪有做臣子的取笑、戏弄自己国君的呢？”师旷说：“我这个盲眼的大臣怎么敢戏弄大王您呢？我这样说是因为我听别人说过一句话：年少的时候好学，就像初升的太阳，散发崭新的光芒；壮年的时候好学，就像中午时太阳灿烈的光；而年老的时候好学，就如同蜡烛的微亮光芒。烛火的光亮虽然不如太阳的耀眼，但当我们走在黑暗的夜里，有一支蜡烛总比摸黑走要好啊！”晋平公听了十分高兴，连连说：“您说得太好了！”

主题

这则寓言中，师旷用几个生动的比喻告诉我们学无止境的道理，不论什么时候学习，都有其价值和意义。

① 师旷（kuàng）：晋国乐师，眼盲，乐技高超。

扫码听音频

愚 公 谷

《说苑》

齐桓公出外打猎时，为了追赶野鹿而跑到一个山谷里，在那里遇见一位老人。

齐桓公问这个老人说：“这个山谷叫什么名字？”

老人回答说：“叫作愚公谷。”

齐桓公十分不解：“为什么叫这个名字呢？”

老人笑着说：“这是用我的名字命名的。”

齐桓公说：“我看您的仪表、举止，并不像个愚笨的人，为什么要因为您而起这样一个名字呢？”

老人说：“请大王允许我从头说起。我原来在家里养了一头母牛，它生下一头小牛，等小牛长大了，我就把小牛卖掉买了一匹小马。一个少年对我说：‘牛是不能生出马的。’就把小马牵走了。附近的邻居听说了这件事，认为我很傻，就给我起了这么个名字，我也就把这个山谷叫作愚公谷啦。”

齐桓公听完后也说：“老人家确实够傻的！您为什么要把小马给他呢！”

第二天齐桓公上朝的时候，把这件事当作笑话告诉了管仲。管仲听后，整了整衣服，向齐桓公拜了两拜，说：“这是我管仲的

失职。假如现在唐尧[1]是国君，咎繇[2]做法官，怎么会有敢强取别人小马的人呢？那位老人是知道现在断案判刑不公正，所以只好把小马给了那个少年啊！如果是其他人遭遇了这样凶暴的事，恐怕也只能像那位老人一样妥协顺从。请允许我深刻反省，去改善国家的行政吧！”

① 唐尧：指上古时期的贤明首领尧。

② 咎繇（gāoyáo）：即皋陶，相传是上古舜统治时期的贤臣，负责掌管刑法。

扫码听音频

国有三不祥

《说苑》

齐景公出宫打猎，在山上时碰到了老虎，来到沼泽后又遇见了蛇，这让他心里有一丝不安。等返回宫中，齐景公立刻召见晏子，问晏子说：“今天我外出打猎，在山上遇到老虎，在沼泽又遇到蛇，这大概就是人们说的不祥的预兆吧？”晏子回答：“国家有三不祥，这些都不在其中。国君不了解那些有才有德的人，是第一不祥的事情；虽然了解了，却不任用他们，是第二不祥的事；虽然任用了，却不能把他们安排到最合适的位置来发挥他们的才干，是第三不祥的事。人们所说的不祥，是指这一类的事情。您今天上山碰到老虎，山是老虎的家呀；下水遇见蛇，那本就是蛇的巢穴。到老虎的住处去见到了老虎，到蛇的住处去见到了蛇，这一点儿也不奇怪，完全是意料中的事，怎么能说是不祥之兆呢？”

扫码听音频

惠子善譬

《说苑》

有人对梁惠王说："惠子说话的时候擅长打比方，大王让他说话不能用比方，他估计就不会说话了。"梁惠王说："好！那我就看看他是不是你说的那样。"第二天，梁惠王召见惠子，对他说："我希望先生论说事情时能直接说，不要用比喻。"惠子听了梁惠王的要求后说："现在如果有一个不知道弹弓是什么东西的人在这里，他问您：'弹弓的形状像什么？'您回答说：'弹弓的形状就像弹弓。'您觉得他能明白吗？"梁惠王说："明白不了。"惠子接着又说："这时换一种说法回答他：'弹弓的形状像把弓，不过弦是用竹子做的。'这样一来您觉得他能听懂吗？"梁惠王说："这下就能明白了。"惠子说："说话的人，本来就是要用人们已经知道的东西，来比喻人们所不知道的东西，从而使人们真正弄懂它。现在您却叫我不要用比喻，这就行不通了，别人也没法理解了。"梁惠王说："先生说得对啊！"

景公好弋①

扫码听音频

《晏子春秋》

齐景公非常喜欢用带有绳子的箭来射鸟，便命令烛邹管理和照顾捕回来的鸟儿，但是烛邹不小心让鸟儿全飞走了。齐景公勃然大怒，要立刻杀了烛邹。晏子听说了这件事连忙赶来，对齐景公说：“大王，如今烛邹一共犯了三条大罪，请您先让我一条一条说明他的罪状，然后再处死他吧！”齐景公正在气头上，说：“好！一定要让他明白自己犯了多么大的罪！”晏子就派人把烛邹叫到齐景公的面前，严厉地教训他说：“烛邹！你知道你的罪行有多重吗？第一重罪，你为国君养鸟却不负责任地让它们都飞走了；第二重罪，你让我们的国君因为几只鸟儿就动怒杀人；最重要的是第三重罪，如果这件事让天下诸侯知道了，他们就会认为我们的国君看重鸟儿而轻视读书人。这实在是不可以原谅啊！”说完转向齐景公，“大王，我已经历数了烛邹的罪行，现在请您下令杀了他吧！”齐景公明白了晏子的用意，回答道：“不用杀他了，我已经懂得先生的教导了。”

---

① 弋（yì）：用带有绳子的箭射鸟。

扫码听音频

曲突徙薪

《汉书》

有个门客看到主人家里的炉灶的烟囱是直的，旁边还堆积着成捆的柴草，便对主人说：“您应该把烟囱改为弯的，再把柴草放得离烟囱远一点，不然有可能引起火灾。”主人却并没有把他的话当回事。过了不久，家里果然失火了，幸好邻居们都来帮忙救火，很快把火扑灭了。于是主人杀牛置办酒席，答谢帮助自己的邻居们。被火烧伤的人被安排在了上席，其余的人按照救火的功劳依次排定座位，但是主人却忘记了邀请曾经向他提出建议的那个门客。有人对主人说：“当初如果您听了那位门客的话，就不会发生火灾，如今也不用破费摆设酒席了。现在论功请客，为什么只有被烧伤的人成了最重要的宾客，而当初发现了问题并提出了建议的人却没有受到答谢呢？”主人这才醒悟，连忙去邀请那位门客。

扫码听音频

孺子驱鸡

《申鉴》

从前有一个小孩子，常常因为要把鸡赶回窝而觉得很苦恼，他追得急了，鸡就会受到惊吓四处乱跑；赶得慢了，鸡又站着不动。鸡本来要向北跑，他赶快冲上去阻拦，鸡就吓得转头跑到南边去了；鸡本来要往南，他一拦，鸡就转身向北跑去了。当他靠近鸡群时，鸡就扑打着翅膀跑走了；当他远离时，鸡又漫不经心[①]地随意走来走去。要想顺利地完成赶鸡的任务应该怎么做呢？应该在鸡安静悠闲的时候接近它，而当鸡徘徊不定、神情不安的时候不要急着去驱赶它，要用食物喂它。不要一味粗鲁地赶，而是引着它们往正确的方向走，这才是赶鸡的最好方法。鸡悠闲地不受惊吓，就会自己乖乖地顺着路回家。

主题

这则寓言通过讲如何赶鸡，告诉我们做任何事情都要讲究方式方法，欲速则不达。

① 漫不经心：做事情随随便便，不放在心上。

扫码听音频

杯 弓 蛇 影

《风俗通义》

汉朝时，有一位县令叫应郴。一年夏至的时候，应郴请他的主簿[1]杜宣到书房来商量事情，说完正事后又留他喝酒。书房北边的墙壁上挂着一张弓，外边的阳光照进来，把弓的影子投到了杜宣拿的那杯酒中，形状很像一条小蛇。杜宣看到后十分惊恐，想把酒倒了，可是又怕应郴不高兴，只好硬着头皮喝下去。回家之后，杜宣就觉得胸腹部疼痛，仿佛那条蛇在自己身体里翻腾，从此之后饭也吃不下、觉也睡不着，病倒在床上。医生给他吃了许多药，他的病却一点儿也不见好。

应郴去杜宣家看望他，见他病得这么重，很吃惊地问："夏至那天你来我书房时还好好的，怎么一下子病成这样了？"杜宣告诉他："那天您请我喝酒，我看到酒杯里有一条蛇，但怕您不高兴，还是硬喝下去了，回来之后就成了这样。"应郴觉得很奇怪：那天倒酒的时候自己亲眼看着呢，哪儿有蛇呀？回到自己书房后，应郴越想越不明白，无意间抬头一看，正好看到了挂在墙上的弓，他一下子就猜到是怎么回事了。于是他把杜宣从病床上

① 主簿（bù）：古代官名，是各级主官属下掌管文书的佐吏。

请到自己书房里来，又给他倒了一杯酒，放在弓的下边，问杜宣："你上次说的就是这样的蛇吧？"杜宣一看，连连点头。应郴笑着让他看墙上的弓，杜宣这才知道自己那天看到的只是弓在酒杯里的影子，也忍不住笑了起来。回家之后，杜宣的病很快就痊愈了。

我的解读

魏晋南北朝寓言

扫码听音频

长 竿 入 城

《笑林》

鲁国有个人拿着长长的竹竿进城，要经过城门时，起初是将它竖立起来，但竿子太高了进不去；将它横过来，又太长了，城门的宽度不够，进不去。他实在想不出办法，苦恼地在城门前徘徊。一会儿，有个老人走过来，听这个人说了他遇到的困境，便对他说：“我并不是圣人，只不过是见的事情多了，所以积累了一些经验，你为什么不用锯子把竹竿从中间截断再进城门呢？”这个鲁国人听了恍然大悟，依照老人的办法将竹竿截断，轻轻松松地进了城。

主题

在这则寓言中，想不到办法的鲁人很愚蠢，而那个想到办法的老人其实也不聪明，他只是自以为聪明，最终使得鲁人失去了原本的长竿。这启示我们愚笨有时并不可怕，可怕的是自作聪明。

食笋煮箦①

《笑林》

有一个汉地的人到吴地去做客，吴地的人用竹笋做菜来招待他。他觉得很好吃，却不认识这种食材，就问招待他的人："这是什么东西啊？"吴地人回答说："这是竹子。"他一直记得这道美味，回家后也念念不忘，于是拆了床上的竹席去煮，结果怎么煮也煮不烂，更别说用它做菜了！这个人很生气地对妻子说："吴地的人真狡诈啊，竟然这样欺骗我！"

① 箦（zé）：用竹子编的床席。

扫码听音频

俭啬老人

《笑林》

汉朝时有一位老人，他没有孩子，家里很有钱，但非常节俭，甚至到了吝啬的地步。他穿的是破旧的衣服，吃的是粗糙简单的食物，每天早早起床，很晚才休息，辛苦地经营自己的产业，赚钱没有满足的时候，而且自己从来不花。有乞丐上门向他乞讨，他被烦得实在没办法，才进房间取十个铜板，边走边把准备给乞丐的铜板一个一个塞进自己兜里，等到了屋外，就只剩下一半了。他闭着眼睛好像下了很大的决心，才把少得可怜的钱给了那个乞丐，还要不断叮嘱说："我把我所有的家产都给了你，你可千万不要和别人说我给了你钱，不然他们都会来向我乞讨的！"不久，这个老人过世了，由于无人继承，他的房屋、土地、钱财、货物都被官府充公了。

扫码听音频

二人评王

《蒋子万机论》

从前，吴国有两个人聚在一起议论他们的国君。一个人说：“我觉得国君长相俊美。”另一个却说：“不对，他长得很丑。”两个人争执许久，没有得出一致的结论，最后他们俩都生气地说：“你要是能钻到我的眼睛里来，就能知道国君到底是好看还是难看了！”国君的容貌是不会变化的，而这两个人也并不是故意颠倒美丑，只是两个人的眼光不一致罢了。

主题

这则寓言揭示了一个朴素的道理：人与人的审美是不同的，我们要尊重这种差异，而不是妄图以自己的审美同化他人。

扫码听音频

与狐谋皮

《苻子》

周朝有个人，他最喜欢的两样东西是裘皮[1]衣服和美食。他特别想做一件价值千金的裘衣，但是找不到上好的材料，于是就来到山林里跟狐狸们商量要它们的皮。他还想做一桌像祭祀时那样盛大美味的羊肉宴，就又去找羊商量要它们的肉。可是话没说完，狐狸就争先恐后地逃进一重重的山丘底下藏了起来，羊也咩咩地叫着躲进了深林之中。用这样的方法，这个人就算花费十年也不可能做成一件裘皮衣服，花费五年也不可能吃到一桌羊肉宴啊！

主题

这则寓言故事告诉我们，为了自己的利益而损害他人，是不会成功的，做人做事不可只顾自己利益，而要兼顾各方，实现共赢。

① 裘（qiú）皮：动物的毛皮。

按图访马

《荀子》

齐景公非常喜欢马，也在宫廷里养了很多马，但他想得到一匹最好的马，于是就叫画工按照他的理想画了一匹马，然后叫人按照画上的图样去买马。为了买到这样一匹马，齐景公甚至愿意出可以买到好几百匹马的钱，可是花了整整一年的时间，也没有买到画上那样的马，因为画上的那匹马太完美了，现实中没有哪匹马能和它一模一样。同样的道理，如果有一位国君希望得到有才能、有品德的大臣，但非得按照古书中古代圣人的标准去衡量[1]，那么即使他找上一百年也不可能找到。

主题

这则寓言启示我们做事不能照本宣科，要灵活地根据实际情况选择合适的处理方法。

① 衡（héng）量：评定、比较事物的轻重得失。

扫码听音频

群蚁观鳌

《荀子》

东海有一只大海龟，它头上顶着蓬莱山[1]，每天自由自在地在大海里遨游。它跳起来可以冲入高高的云层，往水下游可以到达深深的海底。有只红蚂蚁听说之后觉得非常厉害，就与一群蚂蚁相邀到海边，想看看大龟。可是一个多月过去了，大龟都潜伏在海底不出来。蚂蚁们等得不耐烦了，正准备返回，这时只见狂风激浪，巨浪有一万仞那么高，海水像沸腾了一样翻滚不息，雷声响彻大地。蚂蚁们说：“这恐怕就是大海龟引起的啊！”几天过后，风和雷都停止了，海面恢复了平静，蚂蚁们看到海里隐约有座山，它几乎和天一样高，有时候向东移动，有时候向西移动。蚂蚁们说：“它头顶着山游动，跟我们顶着饭粒、逍遥自在地待在土堆上、该休息时就爬进蚁穴的生活又有什么不同呢？这就是大龟平常的生活而已，再自然不过了，真是枉费我们辛苦地走几百里来看它啊！”

① 蓬莱（pénglái）山：传说中的海上仙山。

扫码听音频

羿射不中

《苻子》

一天，夏王和神箭手后羿一起射箭。夏王指着一块一尺见方、靶心直径约一寸的兽皮箭靶对后羿说：“大家都知道你的射箭技术非常高超，请给我们展示一下吧！要是射中了，我就送给你万金作为奖赏；要是射不中，我可要收回你的千户封邑了。”后羿听了夏王的话十分紧张，表情变化不定，呼吸也急促起来。他弯弓射去，没有射中，第二箭再射，又落了空。夏王觉得非常奇怪，就问傅弥仁：“这个后羿，射箭从来都是百发百中，我今天只是和他约定了赏罚条件，他却射不中了，这是为什么呢？”傅弥仁回答道：“他之所以这样，都是因为情绪过分波动而影响了箭术的发挥。您提出的赏赐和惩罚成了他的心理包袱，使他内心无法平静了。可见，人如果真能做到不计较得失、不在乎赏罚，那么谁都可以练成比后羿更强的神箭手了。”

主题

这则寓言向我们揭示了良好心态的重要性，启示我们不仅要练就扎实的技术，而且要练就平稳、冷静的心态。

扫码听音频

众 盲 摸 象

《涅槃经》

有个国君对大臣说："你牵一头大象来，给盲人们展示展示。"大臣于是找来好几个盲人，给他们展示大象。盲人们眼睛看不见，只好伸手摸大象。大臣回去禀告国君说："大王，我已经给盲人们展示过大象了。"国君把这几个盲人召集起来询问道："你们已经见过大象了吗？"他们回答："已经见到了。"国君又问："那你们说说大象是什么样子的吧！"盲人们纷纷开口，摸到象牙的说"大象像一根萝卜"；摸到象耳朵的说"像一个簸箕[①]"；摸到头的说"大象像一块儿石头"；摸到象鼻的说"像一根石杵"；摸到象腿的说"像柱子"；摸到背的说"像床"；摸到腹部的说"大象像一口大缸"；摸到尾巴的说"大象像一根绳子"。他们都认为其他人说错了。

---

① 簸箕（bòji）：用柳条或藤条等编成的铲状器具，可用来筛去米糠。

扫码听音频

桑中生李

《搜神记》

南顿[1]有个叫张助的人，他在田里种庄稼时发现了一颗李子核，本来想拿走，回头看见旁边一棵桑树树干的空洞里正好有泥土，就顺手把李子核种在了那里，还用浇田剩下的水浇了浇。不久之后，张助出门远行。后来，有人看见桑树中长出了李树，感到十分惊奇，就当作奇闻告诉周围的人，不久这件事就众人皆知了。南顿有个人当时眼睛疼，他在这棵李树下休息的时候就向李树祷告说："您如果能让我的眼睛变好，我就把小猪献给您。"眼痛这种小病本来不久就会自行康复，他的眼睛好了后众人越传越神，都说这棵神奇的李树能让瞎了的人重新看见光明。从此，这棵树成了远近闻名的神树，人们纷纷前来祭拜、祷告，树下常停着成百上千辆马车，供奉的酒肉日夜不断。一年后，张助从外面回来了，看见这种景象十分惊诧，说："这哪是什么神树？这分明是我种的李树啊！"于是抄起斧子砍掉了它。

主题

这则寓言故事告诉我们，应破除迷信，从理性的角度进行客观分析，切勿盲从。

① 南顿：古代地名，位于今河南省。

扫码听音频

周处自新

《世说新语》

周处年轻的时候，蛮横霸道，喜欢和人打架，同乡的人都很讨厌他。当时，他的家乡义兴有两只经常伤害百姓的野兽，一只是河里的长蛟①，一只是山里的斑斓②猛虎。义兴人就说，这两只野兽和周处可以叫作“三横”，也就是三大祸害，而其中最可恶的就是周处。有人劝说周处去杀掉长蛟和猛虎，其实是想让三大祸害只剩下一个。周处真的到山里去杀了猛虎，然后又到河里去和长蛟作战。人们在岸边看到长蛟一会儿浮起来，一会儿沉下去，游动了几十里远，周处始终与它缠斗在一起。这样过了整整三天三夜，同乡们都以为周处肯定已经死了，高兴地庆祝起来。没想到周处竟然杀了长蛟，从河里游上来。当他听到同乡们正在庆祝时，才知道自己原来这么遭人厌弃，心中产生了改过自新的念头。

周处离开家，到吴郡去拜访著名的君子陆机、陆云兄弟。陆机当时不在家，周处郑重地拜见了陆云，并把自己过去的所作所

① 蛟（jiāo）：指蛟龙，中国古代民间传说中兴风作浪、能引发洪水的海龙。

② 斑斓（bānlán）：形容色彩交错，这里指虎身上黄黑相间的条纹。

为、现在的所思所想都告诉了他，然后痛苦地说：“我希望改变自己，但是我的人生已经白白浪费了那么多，现在想努力恐怕也什么都做不成了。”陆云温和地告诉他：“古人认为，一个人早上懂得了道理，即使当天晚上就死了也是可贵的，更何况你以后还有很长的路要走呢！而且，一个人应该担心的是不能树立远大的志向，你已经有了志向，为什么还担心你的好名声不能传扬天下呢？”

听了陆云的话，周处坚定了改变自己的决心，努力改过自新，最终成了历史上有名的忠臣孝子。

我的解读

扫码听音频

支公①好鹤

《世说新语》

支公特别喜欢鹤。有一次，有人送给他一对小鹤，他十分高兴，天天细心地喂养它们。过了一段时间，小鹤的翅膀逐渐长成了，总是想飞走。支公舍不得这对小鹤，就剪断了它们翅膀上的羽毛。这样一来，小鹤再怎么扇动翅膀想要高飞，也飞不起来了。它们回头看看自己的翅膀，伤心地垂下了头。支公看到它们这个模样，后悔地说："鹤生来就应该在天空中翱翔，哪里会甘心当人的宠物，被人们玩耍呢！"从此他不再剪小鹤的羽毛，经过一段时间的调养，它们的羽毛重新长了出来，支公就放它们飞走了。

主题

这则寓言告诉我们，喜欢的最高境界不是占有，而是理解与尊重。支公喜欢鹤，所以理解它们遨游天际的追求，并最终成全了这种追求。

① 支公：即支遁，字道林，东晋僧人。

扫码听音频

愚人食盐

《痴华鬘》

从前有个愚笨的人，到朋友家去做客。朋友请他吃饭，他嫌菜肴太淡了不好吃，朋友就往菜里加了点儿盐。他再一尝，菜变得好吃了，于是在心里想：“菜肴之所以好吃了，是因为放了盐。只是加了一点儿盐就这么好吃，那多吃盐不就更美味了吗？”这个愚笨的人就把菜放到一边，拿起盐罐大口大口地吃起盐来，结果把味觉吃坏了，什么味道也分辨不出来，反而酿成了大祸患。

扫码听音频

长大之药

《痴华鬘》

从前，有个国王，他的妃子刚刚给他生了一个小公主，他很想看到小公主长大后的样子，就召来一个医生说：“我命令你拿出一种药，能让我的女儿吃了之后立刻就长大！”医生从容地回答说：“我确实能拿出这样的好药，让婴儿吃了立刻就长大，但是我手头目前没有可用来制药的药材，我得去采集。在药材采来之前，您先不要去看小公主。等到我把药制好了、让公主吃下去之后，再领她来给您看。”

医生说完就到很远的地方去采药了。十二年过去了，医生拿着药回到了王宫，让公主吃了药，然后领着公主去见国王。国王看到小公主真的变成了少女，心想：“这真是个有本事的医生，我的女儿吃了他的药就一下子长得这么大了！”于是下令赏赐给这个医生很多珍宝。当时人们都偷偷笑话这个国王没有智慧，真以为是药的力量让公主长大了，其实他只要算一算时间就能知道，公主出生了这么多年，本来也应该长大了啊！

主题

这则寓言告诉我们世界上没有一蹴而就的事情，若想成功，只能脚踏实地地积累。

扫码听音频

说人喜嗔

《痴华鬘》

从前，许多人坐在屋子里聊天，谈起了当时不在场的一个人，有人说："我认识那个人，他有说不完的优点，是个特别好的人，但有两个缺点：一个是动不动就生气，另一个是做事太着急、从不仔细考虑。"他们说的这个人偏偏这时候从屋子外边经过，听到他们的谈论，立刻发起火来，冲到屋子里，揪住刚才说他缺点的这个人，抬手就打。旁边的人连忙拉住他问："你怎么上来就打人啊？"那个人说："我哪儿是动不动就生气、做事不仔细考虑的人啊！这家伙刚才竟然这么说我，所以我才打他啊！"旁边的人说："你看你现在这个样子，不正是动不动就生气、做事不仔细考虑吗？这瞒得了谁呢？"

主题

这则寓言中，被谈到的人越是忌讳别人谈论自己的缺点，越是将自己的缺点暴露无遗。这警示我们要坦然接受自己的缺点和他人的批评指正。

扫码听音频

空中楼阁

《痴华鬘》

很久以前，有一个很有钱的蠢人，他到另一个有钱人的家里做客时，发现人家住在一座三层高的楼里，这座楼看起来宏伟壮丽、宽敞明亮。这个蠢人很羡慕，心想：“我和他一样有钱，为什么一直没建造这样一座楼来住呢？”

回家之后，这个蠢人就寻找木匠，正好找到了当年建造那座三层楼的木匠。蠢人很高兴，对木匠说：“我就是要你给我造一座和那座楼一样的三层楼！”于是木匠开始动工，先在地上埋下木桩、搭建底架。蠢人看见了，很不放心地问：“你这是干什么呀？”

木匠说：“按您的要求建造三层楼啊！”

蠢人说：“我不太想要底下的两层，你先给我建造第三层高楼就可以了！”

木匠说：“那怎么可能呢？没有最底层，怎么去造第二层？没有第二层，怎么造第三层？”

蠢人依然坚持说：“底下的两层我也用不上，你一定得想办法给我先造第三层！”

当时的人们听说这件事，都嘲笑这个蠢人说：“哪有不造下面一层而能造上一层的？”

扫码听音频

对牛弹琴

《弘明集》

公明仪是春秋时期著名的音乐大师。一天，他给正在吃草的牛弹奏《清角》这首曲子，这是一首非常动听的曲子，可是牛听了没有任何反应，仍旧低头吃草。这并不是牛听不到琴声，而是它压根听不懂美妙的乐曲。后来公明仪用琴声模仿蚊子和牛虻[①]的嗡嗡声，又模仿小牛犊走丢时的叫声，牛立刻就摆动着尾巴、竖起耳朵，不安地一边迈步走动一边听起来，原来这些才是牛能听懂的声音啊。

① 牛虻（méng）：一种昆虫，雄性吸食植物汁液和花蜜，雌性吸食马、牛等家畜或人的血液。

扫码听音频

富 者 乞 羊

《金楼子》

楚国有个富翁，家里已经有九十九只羊了，却天天想："如果我有整整一百只羊该多好！"有一天，他去村子里的一位老朋友家做客，这位老朋友的邻居是一户穷人。这个富翁一眼就看到穷人家里养着一只羊，于是马上跪下来求这个穷人："请把你这只羊送给我，让我养的羊凑成一百只吧！"

主题

这则寓言故事深刻讽刺了那些为富不仁，欲壑难填，贪心不足的人。

扫码听音频

空手搏虎

《魏书》

北魏国有个勇士叫可悉陵，他十七岁的时候跟着国君去打猎，遇到一只猛虎。可悉陵一不弯弓射箭，二不舞刀弄棍，赤手空拳就与老虎厮杀起来，凭着灵巧的身手和惊人的力量，在一番苦战之后制服了那只猛虎。他把猛虎捆起来，得意扬扬地献给国君。可是国君没有赞扬可悉陵，反而批评他说："你的才能和力量，没有人能比得上，正因如此才更应该好好为国家做贡献，而不是为了逞能去做这种危险又没有意义的事情！"

扫码听音频

石牛粪金

《刘子》

秦惠公听说蜀国国君很贪心，于是决定派兵讨伐蜀国。然而，从秦国到蜀国必须翻过险峻的高山，渡过湍急的河流，根本没有可以行军的道路。于是秦惠公让人把一块大石头雕成一头牛的样子，又拿出很多金子和布匹来放在这头石牛的后面，说它们都是这头石牛的粪便，而这头能拉出金子和布匹的石牛就是送给蜀国国君的礼物。蜀国国君听了非常想得到这头石牛，于是派人凿开高山，填平河谷，开辟了一条路，又派了五个大力士去搬运石牛。

秦国把石牛交给大力士之后，军队就远远跟在大力士后边，沿着蜀国开辟的道路进入蜀国，杀掉了蜀国国君，灭了蜀国。天下的国君、将领都耻笑蜀国国君分不清大利益和小利益，竟因为贪图小利益而失去了政权和生命。

刻 凤 凰

《刘子》

鲁班正在雕刻一只凤凰，凤冠和凤距[1]都还没刻成，绿色的羽毛也没有镶嵌[2]上。这时候，有的人看到了鸟身，就说这是只猫头鹰，有的人看到了鸟头，就说这是只鹈鹕[3]。人们都嘲笑这只猫头鹰或者鹈鹕雕得太丑了，一点儿都不像。

等到鲁班完成了雕刻，翠绿的凤冠高高耸立，红色的凤爪像闪电一样闪光，色彩艳丽的身体仿佛放射的霞光，美丽的翅膀好像燃烧的火焰。它呼的一声飞了起来，在空中飞翔了三天都没有落下来。这时候，人们才纷纷称赞这只凤凰的神奇和鲁班手艺的灵巧。

主题

站在众人的角度，我们应学会客观、全面地看待事物，切勿在事物未完成之前就下片面结论；站在鲁班的角度，我们应坚定自己正确的做法，不被非议所左右。

---

① 距：鸡爪后面突出像脚趾的部分。

② 镶嵌（xiāngqiàn）：把一物体嵌入另一物体内。

③ 鹈鹕（tíhú）：一种大型水禽，善于飞翔和游泳。

扫码听音频

王皓失马

《北史》

王皓是北齐的一名大臣，是个性格很迟钝的人。他曾跟着国君去北边打仗，骑的是一匹红色的马。一天清晨，他的马浑身上下蒙了一层霜，王皓认不出自己的马，就说：“我的马丢了！”军队里负责营地巡逻的武官赶紧到处去找王皓的马，结果找了一圈也没找到。这时候，太阳升起来，阳光一照，马身上的霜就化掉了，王皓看到红马就拴在自己营房前边，这才说：“哦，我的马还在。”

主题

这则寓言讽刺了那些被表面现象迷惑、不认真思考的人。

扫码听音频

唐宋寓言

乘凉

《太平御览》

有个郑国人，在夏天的时候跑到一棵树下避暑，一天之中，树的影子随着太阳在空中位置的移动而移动，这个人也挪动自己的席子，树荫转到哪儿他就躺到哪儿。到了傍晚看不见影子了，他就把席子挪到树干旁边。等到月亮升起来，树的影子又开始移动，他又开始随着“树荫”挪动席子，但这时候让他发愁的是露水弄湿了他的衣服，而且夜越深，树的影子越小，他身上的衣服也越湿。这个人很擅长在白天乘凉，却很不擅长在夜晚的树下生活啊。

扫码听音频

猴 子 救 月

《法苑珠林》

从前，曾经有一座叫波罗奈的城市，城里的一片树林中生活着五百只猕猴。一天，它们在一棵大树底下发现了一口井，当时月亮的影子正映在井中。这五百只猕猴的大王看到后就对猕猴们说：“月亮今天落到井里了，咱们应该一起把月亮解救出来，不要让这个世界漫长的夜晚里没有光亮啊！”猕猴们一起商量说：“怎么解救月亮呢？”猕猴大王说：“我知道解救的方法！我抓住这棵树的树枝，你抓住我的尾巴，你们一个个也这样抓着尾巴连起来，就能到井里把月亮捞出来了！”猕猴们就按照大王说的，一个连一个的抓住尾巴，就在它们还差一点儿就要到达水面的时候，由于连在一起的猕猴太沉了，那根树枝撑不动它们，“咔嚓”一声折断了，所有的猕猴都掉到了井里。树神说：“这只猴子真傻，竟然还有一群蠢猴子跟着它！它们这样做只是自讨苦吃，哪能救出什么月亮呢！”

核心情节

猕猴大王提议解救月亮，但没说具体做法，此处设置悬念，为后文做铺垫。

主题

这则寓言启示我们不要自作聪明，仅凭不切实际的幻想就做事，最后只会白费力气。

扫码听音频

黔之驴

《柳河东集》

黔地本来没有驴，有个多事的人用船运来一头驴，可是运到之后又没什么用，就在一座山下把它放了。有只老虎看到了这头驴，心想：这么大个家伙，可能是兽中之神吧？于是就藏到树林间偷偷看它，过了一会儿又从林子里出来慢慢靠近它，因为摸不透驴的本事和脾性，所以一直小心翼翼的。

有一天，那头驴突然大叫了一声，老虎吓了一大跳，一口气跑出了好远，认为驴是要吃它了，十分害怕。可是过了一会儿老虎发现驴没有别的行动，又忍不住回来继续观察，看来看去，觉得驴好像并没什么特别的本领。之后老虎越来越习惯驴的叫声了，又故意在驴的身前身后来回转，但还是不敢上去与它搏斗。就这样，老虎慢慢离驴越来越近，对驴也越来越不客气，先是轻轻用身体蹭它一下，然后又往它身上靠一下，冲到它眼前吓唬它一下，最后干脆直接撞它一下。那头驴被老虎的举动惹怒了，扬起蹄子来踢老虎。老虎这下可高兴了，心想：原来它只会这么个招数啊！于是大吼一声跳过去，咬断了驴的脖子，吃光了驴的肉，然后才离开。

唉！驴的外形那么庞大，在动物中好像很有地位，声音那么洪亮，好像很有本事，如果一直不暴露它只会那点招数，老虎虽然凶猛，但因为疑虑、害怕也不敢把它怎么样。现在驴却成了老虎的盘中餐，真是可悲啊！

扫码听音频

卖 油 翁

《归田录》

宋朝的陈尧咨擅长射箭，在当时没有第二个人能与他匹敌。他自己对此也很自豪。有一次，他在自家的场地里射箭，有个卖油的老人放下油担子站在旁边看着，看了很长时间。他看到陈尧咨射出的箭十次里有八九次都能正中靶心，却只是轻轻点点头而已。

陈尧咨问老人：“你也懂得射箭吗？你看我射箭的水平还不够高吗？”老人说：“这也没什么特别的，不过是手法熟练罢了。”陈尧咨听了生气地说：“你怎么敢这么看不起我射箭的水平？”老人说：“凭我倒油的经验就可明白这个道理。”说完拿过一个葫芦来放在地上，在葫芦口上放一枚铜钱，慢慢地用油勺舀起油来往葫芦里倒，油从铜钱中间的方孔里流进葫芦，铜钱上却没沾上一点儿油。老人说：“我这也没什么特别的，不过就是手法熟练罢了。”陈尧咨笑着送走了这个老人。

扫码听音频

伤仲永

《临川先生文集》

金溪有个人叫方仲永，他家世世代代都以种地为业。仲永五岁的时候，还没人教过他认识文具，有一天他却自己哭着要笔要纸。他父亲觉得很奇怪，从邻居家借来文具给他，他立刻写了四句诗，还署上了自己的名字。这首诗说的是人应该赡养[1]父母、团结族人。乡里的读书人都传看了这首诗。从那以后，只要出一个题目，仲永就能立刻作出一首诗来，而且诗的文采和道理都有些可取之处。当地的人认为仲永很不一般，渐渐地都对他父亲以礼相待，有的人还花钱求仲永的诗。他父亲觉得有利可图，于是天天带着仲永去当地的各家各户走动，却不让仲永进一步学习。仲永十二三岁的时候，王安石见到了他，让他作诗，觉得他的诗已不像传闻的那么好。又过了七年，王安石打听仲永的情况，人们说："他已经和普通人没什么两样了。"

---

① 赡（shàn）养：供给生活所需，特指子女对父母在物质上和生活上进行帮助。

扫码听音频

愚 父 子

《艾子杂说》

齐国有个富人，家里积累的钱财多达千金，可他的两个儿子都很愚笨，而他又不请人来教育这两个孩子。有一天，艾子对这个人说：“您的儿子虽然很好，但立身治家的道理都不懂，将来怎么能担起治理家业的重任呢？”这个人生气地说：“我的儿子又聪明又有本领，怎么不懂道理了？”艾子说：“咱们不用考他们别的，只问问他们吃的米是从哪儿来的，如果他们知道，您就尽管责怪我说错了话吧！”这个人就喊来两个儿子，问他们这个问题。两个儿子笑嘻嘻地说：“这我怎么能不知道呢？米都是用布袋子取来的嘛！”父亲听了，表情顿时变得很悲伤，说道：“儿子啊，你们确实太笨了呀！那米不是从田里取来的吗？”艾子感叹地说：“不是这样的父亲，还真生不出这样的儿子！”

主题

这则寓言启示我们，对孩子不是只提供衣食就可以，还要重视对他们的教育，使他们成为有用之才，否则为他们积累再多的财富也无济于事。

扫码听音频

冢宰①奇画

《艾子杂说》

齐国有两位老臣，他们都辅佐过好几位国君，资历深，威望高，是朝廷倚仗的重臣。其中一位就是宰相，凡是国家大事，他都会发表意见。

有一天，齐王下令把国都迁到另一个地方去，有一口珍贵的大钟也要搬到新国都去，但是这口钟有五千斤重，估计得五百个壮汉一起用力才能扛走。可是当时齐国一下子找不到这么多壮汉，负责搬迁工作的官员没有办法，只能报告给副宰相，副宰相想了很久也没办法。宰相这时候慢悠悠地说："唉，这件事副宰相怎么不会处理呢？"于是他亲自给官员下令说："一口钟的重量五百个人才扛得动，我想可以把它平均凿成五百块，这样一个人用五百天就能把它扛到新国都去了。"负责搬迁工作的官员高高兴兴地接受了宰相的命令。

艾子正好看到了这件事，就说："宰相如此高明的筹划，别人当然是比不上的，只是搬过去之后，是不是还要费很大力气把这些碎块再重新铸成钟啊？"

---

① 冢（zhǒng）宰：即宰相，官名，为百官之长。

扫码听音频

州官放火

《老学庵笔记》

有一个叫田登的人做了某个州的太守，他把自己的名字当成忌讳[1]，谁要说了和他的名字发音一样的字，他都会大发脾气，认为别人不够尊敬他。结果没过多久，这个地方的很多小官员和差人都因为不小心说出那个读音而挨了打。于是这个州的百姓都把“灯”叫作“火”。元宵节到来时，按规定可以张挂花灯供人们夜游观赏，当地官员们贴出告示说：“今年元宵节，本州和过去一样，放火三天！”

主题

这则寓言用嘲讽的形式，揭露了古代官僚蛮横的作风，从中可以感受到普通百姓的无奈。

---

① 忌讳（huì）：因风俗习惯或个人原因等，对某些言语或举动有所顾忌，积久成为禁忌。

扫码听音频

眉眼口鼻争能

《醉翁谈录》

传说，人的眉毛、眼睛、嘴巴、鼻子这四个器官，各有灵性，都有想法、能表达，当然它们之间说的“话”只有它们自己能听懂。有一天，嘴巴就对鼻子说：“你有什么本事，可以在我上面？”鼻子说：“我能分出香和臭来，然后你才能吃，所以我能在你之上！”鼻子又对眼睛说：“你又有什么本事，也能在我上面？”眼睛说：“我能看出美和丑，能看到四面八方，功劳不小，自然应该在你上面。”鼻子又说：“要这样说，那眉毛有什么本事啊，怎么也比我高？”眉毛说：“我也不懂怎么和你们各位争辩，只不过如果我真跑到眼睛、鼻子下边去，不知道你们这个脸皮还往哪儿放呢？”

扫码听音频

钓　　鱼

《田间书》

林昉[1]曾经在横溪边散步，看到两个老人各自坐在一块石头上钓鱼，一个人很轻松地就钓到很多鱼，而另一个人一整天坐下来，一条鱼也没钓到。钓不到鱼的老人扔下鱼竿问钓到鱼的老人："咱们俩用的鱼饵都一样，又都在同一条溪水里钓鱼，怎么收获这么不一样呢？"钓到鱼的老人说："我在下钩的时候，只想我自己钓鱼的动作，而不想是否能钓到鱼，所以眼睛不乱动，神色不改变。这样一来，鱼就忽视了我的存在，只顾着吃鱼饵，自然很容易就被我钓上来了。而你心里只想着鱼，眼睛总盯着鱼，神色一变鱼就被吓跑了，怎么能钓到鱼呢？"钓不到鱼的老人按照他的教导去做，果然连着钓上来好几条鱼。

主题

这则寓言通过对两位钓鱼老人的钓鱼方法进行对比，向我们说明专注的重要性，做事时不将心思浪费在只求结果上，而专注于过程，反而会有意想不到的收获。

① 林昉（fǎng）：南宋诗人，《田间书》的作者。

扫码听音频

铁杵磨针

《方舆胜览》

相传李白小时候在山里读书学习，还没学成，就嫌烦放弃了。他在离开的路上遇到一个老奶奶，这个老奶奶正在反反复复地磨一根铁棒。李白问：“老奶奶，您磨它是要做什么用啊？”老奶奶回答：“想做成一根针。”李白一下子被老奶奶的话打动了：要把一根铁棒磨成一根针，这需要多么大的耐心和决心啊，可是自己却连书都读不完！于是李白回到了学校，努力完成了自己的学业。

主题

正所谓“只要工夫深，铁杵磨成针”，只要肯下工夫、坚持不懈地努力，没有办不成的事情。

扫码听音频

元明清寓言

囫囵吞枣

《湛渊静语》

古时候有个博学的老先生，他教了很多学生。一天课余时间，学生们拿出新鲜的梨子和大枣吃了起来。这时，先生家里来了一位客人，这位客人是个医生，他看到学生们都在开心地吃着梨子和大枣，就劝他们说："梨子虽然有益于牙齿，但吃多了却可能会伤脾[1]；大枣是有益于脾的，可是吃多了就可能会损坏牙齿。"学生们听了都停住了嘴，生怕再吃下去既伤害脾又伤害牙齿。可是他们还想吃，怎么办呢？一个愚钝的学生想了很久，突然想到了一个好办法，就说："那我吃梨的时候光嚼不咽下去，这样就不会伤我的脾了；吃枣就整个儿吞下去而不嚼，也就伤不了我的牙齿啦！"客人说："哎呀，你真是囫囵吞枣呀！"

① 脾（pí）：人体重要的内脏之一。

扫码听音频

蒙 人 叱 虎

《郁离子》

一个蒙地的人披着狮子的皮来到原野，遇到了一只老虎。老虎以为遇到的是一头狮子，吓得转身就跑。这个人十分得意，觉得连老虎都畏惧他，回去之后到处跟人炫耀。

第二天，他披着狐狸的皮去原野，又碰到了那只老虎，老虎站在那里满脸蔑视地看着他。他见老虎不但不像昨天那样害怕地逃跑，反而还敢这么看着他，十分生气，就大声地呵斥老虎。老虎见一只“狐狸”竟然敢冲着自己乱叫，更是生气，扑过来吃掉了他。

扫码听音频

中 山 猫

《郁离子》

有个赵国人担心家里的老鼠成灾，就到中山国去要来了一只猫。这只猫虽然善于捕捉老鼠，却也有一个坏毛病，就是爱抓鸡吃。一个多月之后，家里的老鼠被捕光了，可是鸡也被吃光了。这家的儿子觉得这是个严重的问题，就和他的父亲抱怨说：“为什么不把这只猫丢掉呢？”他父亲说：“孩子，你不明白啊，我担心的是有老鼠，而不是没有鸡啊。老鼠会偷我们的食物，毁坏我们的衣服，还在我们的墙上挖洞，破坏我们的器具，这样下去，我们一家人就要挨饿受冻了，这不是比没有鸡要糟糕得多吗？没有鸡，不吃就可以了，离挨饿受冻还很远。所以怎么能把猫丢掉呢？”

主题

这则寓言通过猫带来的利与弊的对比，生动提醒我们任何事情都有两面性，在做事时应权衡利弊，避免因小失大。

扫码听音频

狙[1]公失狙

《郁离子》

楚国有个以养猕猴为生的人，人们都叫他“狙公”。每天早上，狙公站在庭院中给猕猴分配工作，让老猴率领小猴到山里去摘取植物的果实，并把其中十分之一的果实拿出来奉养他。有的猕猴不愿意拿出辛苦采到的果实，狙公就恶狠狠地用鞭子抽打它们。猴子们都害怕吃到狙公责打的苦头，不敢违抗他的命令。

直到有一天，一只小猴问其他猴子说：“山上的果子是狙公种的树结出来的吗？”

众猴说：“不是啊，果实是天生地长的。”

小猴又问：“没有狙公的同意难道我们就不能去采吗？”

众猴说：“不是，应该是谁都可以去采的。”

小猴听到大家的回答，又问：“既然这样，那我们为什么要一直听从他的命令，被他差使呢？”它的话还没有说完，猴子们就全都省悟了。那天晚上，猴子们等到狙公睡着了，就一起打破了关住了它们的栅栏，毁坏了仓房，还拿走了狙公存放的粮食，相互扶持着进入森林里，从此再也没有回来。狙公最后因饥饿而死。

---

① 狙（jū）：古书上指一种猴子。

扫码听音频

象虎

《郁离子》

楚国有个深受狐狸困扰的人，他想了很多办法来捕捉狐狸，但都没有捉到。有人看他非常苦恼，就教他说："老虎是百兽之王，天下的野兽见了它全都像吓掉了魂似的，乖乖趴在地上听它指挥。"于是他让人做了一只假老虎，把虎皮蒙在外面，放在窗户底下。狐狸一进院子看到这个老虎的模型，就吓得惊叫着倒在地上。这个楚国人看到这个办法有用，十分得意。

有一天，一头野猪出现在他的田里，他就让人把假老虎藏在田里，又派他的儿子握着长戈在宽敞平坦的道路上准备拦截，然后他故意大声吆喝。被惊动的野猪在草丛中乱跑，遇到了田里的假老虎，吓得赶快回过身来跑上大路，结果被这个人的儿子捉到了。这个人更高兴了，认为假老虎可以降服天下所有的野兽。

后来，野地里又来了一种野兽，样子长得有点儿像马。楚人打算自己披上老虎皮去抓它。有人劝阻他说："这是驳[①]呀，真正的老虎都抵挡不了它，你去了一定会有危险啊！"但是他不听劝，非要去，结果驳发出了雷鸣似的吼叫，扑上前来一下子就把他咬死了。

---

① 驳（bó）：传说中一种像马的猛兽，能吃老虎。

扫码听音频

济阴贾[1]人

《郁离子》

济阴有个商人，一次渡河时他的船沉没了，他紧紧抓住水中的浮草，大声呼救。有个渔人听见了他的呼救声，划着船来救他，还没划到，商人就迫不及待地喊："我是济阴的世家大族，如果你能救我的命，我就给你一百两金子！"渔人用船把他救上了岸，商人却只给了渔人十两金子。渔人说："刚才你承诺说救了你就给一百两，而现在却只给十两，这不行吧！"商人没想到渔人会这么说，就气冲冲地问："你一个打鱼的一天能赚多少钱？现在一下子就得到十两金子了，难道还不知足吗？"渔人很不高兴地离开了。

又一天，那个商人乘船从吕梁河顺流而下，船不小心撞到石头上又翻了。当时那个渔人也在那里，有人问渔人说："为什么不去救他呢？"渔人说："这就是那个说了给钱又不算话的人！"说完就只是站在旁边看着。那个商人挣扎了几下，就被水淹没了。

主题

这则寓言讽刺了那些见利忘命、言而无信的小人，警醒我们要信守承诺、言而有信。

① 贾（gǔ）：商人。

矢人自得

《龙门子凝道记》

从前有个做箭的工匠，他虽然做了很久的箭，但做出的箭杆纹理不直，箭尾的羽毛轻重不均匀，箭头也不锋利。可他自以为得到了夷牟[①]的真传，得意极了。旁边有人奉承他说：“这是肯定的啊！秦汉时期善于制箭的人也比不上您啊！那些人不光是不能超越您，恐怕还跟您差得太远啦！您应该高价出售您做的箭。”这个做箭的人听了之后更加得意了。有一次，宋国的一个将军路过来拜访他，拿他的箭看了看，十分看不上眼地离去了。做箭人没有醒悟，还以为将军是嫉妒自己，十分生气地说：“别人曾说我做的箭和秦汉时候的一样好，他们的话应当不会错。今天这个将军这么嫉妒我，他一定是一个刻薄的人啊！”有人把这件事告诉了龙门子，龙门子笑笑说：“这个人有什么值得责备的呢？读书人当中也有这样的啊。”

主题

这则寓言故事讽刺了既无自知之明，又不虚心反省自己的人；也告诫我们要清醒对待他人的过誉，避免在阿谀奉承中迷失自我。

① 夷牟（yímù）：传说中黄帝时期最早造弓箭的人。

扫码听音频

焚鼠毁庐

《龙门子凝道记》

越地西部有一个独自生活的男子，他亲自用茅草搭建了一所房屋，每天努力地耕作来养活自己。时间长了，生活中必需的粮食和调味品都可以自己生产，不用到集市上去买了。不过有一个问题特别困扰他，那就是家里老鼠很多，它们白天成群结队地在屋里乱窜，晚上则吱吱地乱咬东西直到天亮。这个男子一直为这件事烦恼。有一天，他喝醉了酒回到家，一头栽倒在枕头上想赶紧睡觉，可是老鼠们又开始叫了，吵得他睡不着。这个男子终于发怒了，拿着火把在屋内四处焚烧老鼠。老鼠全部被烧死了，可是他的屋子也烧毁了。第二天他清醒过来，发现自己已经无家可归，十分痛苦。龙门子就去安慰他。他唉声叹气地说：“人不可以一直累积自己的愤怒啊！我一开始只是怨恨老鼠，最后眼里只剩下老鼠，却忘了自己的房子，结果酿成了这样一场灾难！”

主题

这则寓言向我们揭示了一时冲动所导致的严重后果，提醒我们遇事一定要保持冷静，切勿在头脑不清醒的情况下做决定，否则有可能后悔终生。

打草惊蛇

《七修类稿》

南唐的时候，有一个叫王鲁的人做了当涂县的县令，他不想着怎么让百姓过上好日子，而是整天盘算怎样增加自己的财产。百姓们控告他的文书[1]做违法的事情谋取钱财，王鲁知道后非常心虚和害怕，他说："虽然你们打的是草，我却像躲在草丛里的蛇一样受到了惊吓啊！"

主题

这则寓言讽刺了那些行事不正、做贼心虚的人，启示我们要堂堂正正做人。

① 文书：从事公文、书信工作的人。

扫码听音频

不 爱 古 玩

《古今谭概》

有一个在朝廷做官的人，家里收藏了一面精致的古镜，自称能照见二百里。他想把这面古镜献给当时的宰相吕蒙正，不料吕蒙正却说："我的脸还没有盘子大呢，为什么要用能照到二百里的镜子呢？"于是委婉地拒绝了他。

还有个人送了孙之翰一方砚台，价值三万两银子，送礼的人对孙之翰说："这个砚台可是好宝贝啊！对着它呵气就会有水流出来。"孙之翰摆摆手说："即使一天呵出一担水，也只值三文钱，这方砚台怎么值这么多钱呢？"

吕蒙正和孙之翰的话好像很浅薄，实际却很通达。从他们的言论推广开去，就可以得出这样的道理：一个人只要能吃饱就好，何必要那么多山珍海味呢？一个人的身高不过七尺，何必要那么多高楼大厦呢？

扫码听音频

螳螂捕蛇

《聊斋志异》

有一个姓张的人，一天他在山谷中行走时，突然听到山崖上发出很凄厉的响声。他很好奇，就寻着一条小路爬上山去，偷偷地看到底发生了什么。只见一条碗口粗的大蛇，在树丛中翻滚扑打，用尾巴抽打树木，把树枝打得纷纷折断。看大蛇那翻倒的样子，好像是被什么东西制服了。但是男子仔细观察后并没有看见什么东西，心里非常疑惑，就慢慢地向前靠近几步，才发现原来有一只螳螂紧紧地伏在蛇的头顶，用它刀一样锋利的前爪撕抓着蛇头，蛇无论怎么翻滚也甩不掉它。过了好长时间，蛇最终死了，而它头顶的皮肉已经被螳螂撕裂了。

读后感

《中国古代寓言》读后感

《中国古代寓言》这本书包含了很多我们听说过的小故事，这些小故事人物形象鲜明，情节曲折，结局出人意料，非常吸引人；此外，这些故事情节设置巧妙，语言风趣幽默，读起来有点儿像笑话，但又都蕴含着深刻的道理。

有的故事讽刺了人的愚蠢，如《揠苗助长》《刻舟求剑》《郑人置履》等；有的故事讽刺了人的贪婪，如《富者乞羊》《守株待兔》等；有的故事揭示了深刻的人生哲理，如《愚公移山》《多歧亡羊》《三人成虎》等。

有的故事则传授了学习的方法，树立了学习的榜样，如《纪昌学射》《造父习御》等故事都反复强调学习要勤奋刻苦、持之以恒，对我们具有很好的启示意义。

和外国寓言故事不同的是，中国古代寓言大多以人为主角，这里有贪婪的国君、软弱的读书人、聪明的小贩，以及各种具有代表性的人物，为读者展示了一幅生动的古代生活图景。故事里的动物多展现本性，偶尔有拟人化的描写，它们也可以张口说话、眉开眼笑。

中国古代寓言的主题较外国寓言更深刻，除了阐述为人处世的道理，还时常提出政治主张和建议，其中的思考非常有深度。一些故事还演变为成语，成为汉语文学中的瑰宝。

核心素养

核心素养活动设计

活动设计一：整本书阅读

1 你知道什么是寓言吗？寓言有什么特点？

2 观察下面的图片，猜一猜这四张图分别表现的是什么寓言？

（　　　　　　）

（　　　　　　）

（　　　　　　）

（　　　　　　）

3 中国古代寓言常用两种手法来塑造典型形象：一种是运用夸大的手法，勾画出某类人的想法和行为特点；另一种是运用拟人的手法，将动植物拟人化，赋予其人的思想、感情和特点。请分别举出三个运用了这两种手法的寓言故事。

运用夸张手法的寓言：________________________

____

运用拟人手法的寓言：________________________

____

4 我们现在经常使用的很多成语都出自寓言故事，你都知道哪些？请列举出 5 个。

5 请读一读下面的文段，猜一猜它们都出自哪个寓言故事。

（1）叶公是出了名的喜欢龙，腰带的带钩上、盛酒的容器上都雕刻着活灵活现的龙，卧室里陈设上雕刻着的装饰也都是龙。（　　　）

（2）苏代得知魏国割地求和的事后，就对安釐王说：“侵略者都是贪婪的，他们没有满足的时候。你想用领土、主权去换取和平，这是不可能实现的，只要你还有一小块儿国土，他们侵略的欲望就不会满足。这就好比抱着柴草去救火，将柴草一把一把地扔到火中，火怎么可能被扑灭呢？柴草一天不烧完，火就一天不会熄灭。”（　　　）

（3）孟子说：“您对战争最感兴趣，我就拿战争的事来打比方吧！比如在战场上，战鼓刚刚敲响，两支军队开始交锋，一些胆小的士兵就丢掉盔甲、拖着兵器转身逃跑了。这些士兵中，有的跑了五十步就停了下来，有的跑了一百步才停下来，如果跑了五十步的士兵嘲笑跑了一百步的士兵，您觉得合理吗？”（　　　）

（4）一个愚钝的学生想了很久，突然想到了一个好办法，就说：“那我吃梨的时候光嚼不咽下去，这样就不会伤我的脾了；吃枣就整个儿吞下去而不嚼，也就伤不了我的牙齿啦！”（　　　）

（5）虞国与虢国之间的关系，就好像人的牙齿和嘴唇一

样。嘴唇保护牙齿，牙齿又支撑着嘴唇，古人说的“唇亡齿寒”就是这个道理。　　　　　　　　　　　　　　（　　）

6 “疑心”是一种怀疑的情绪。在你读过的寓言故事中，有哪些跟“疑心”有关呢？这些人都疑什么？请你在表格中填一填。

寓言故事	疑

活动设计二：文学阅读与创意表达

1 请根据下面的释义，填写对应的成语。

（1）比喻违反事物的发展规律，急于求成，反而坏事。

（　　）

（2）本义指在伟大的事物面前感叹自己的渺小，多用来形容要做一件事而力量不够感到无可奈何。　　（　　）

（3）比喻没有眼光，取舍不当。（　　　　）

（4）比喻说的人多了，就能使人们把谣言当作事实。

（　　　　）

（5）比喻做多余的事，反而不恰当。（　　　　）

（6）比喻行事或说话先后不相应、互相抵触。（　　　　）

2《塞翁失马》这个寓言故事的情节一波三折，十分精彩。故事共发生了几次转折？每次转折时塞翁和其他人的看法都是怎样的？请完成下面的表格。

事件	塞翁的看法	其他人的看法	最终结局

3 用自己的话说一说，《叶公好龙》讲了一个怎样的故事。

4 中国古代寓言故事塑造了形形色色的人物形象，有的人物行为十分滑稽可笑，犯下的错误引人深思，如《郑人置履》中的那个郑国人。如果你遇到了他，你想对他说些什么？

5《鹬蚌相争》中的渔翁捉住鹬和蚌之后，鹬和蚌会说些什么呢？它们最终的结局是怎样的？请试着续编故事。

《鹬蚌相争》续编

活动设计三：思辨性阅读与表达

1 寓言中的人物和故事带给我们很多启发，能让我们联想到生活中的人和事。在阅读过程中，你可以用制作“寓言启示卡”的方法，选择一篇寓言，把你的联想或者学到的道理记录下来。

寓言启示卡

我要学习《纪昌学射》的纪昌，学习、做事要______

____

____

2《中国古代寓言》的篇目大多短小精悍，文字虽少，却蕴含着朴素而深刻的人生哲理。请将下列寓言与其蕴含的哲理连线。

《滥竽充数》	多向有经验的老年人学习，可以少走弯路。
《叶公好龙》	切勿自欺欺人。
《老马识途》	要有真才实学，否则迟早会原形毕露。
《掩耳盗钟》	切勿盲从他人，要有自己的思考。
《邯郸学步》	看一个人，不能只看表面的言行，要透过现象看本质。

3 我国古代寓言故事内容丰富，情节曲折。一边读寓言故事，一边提出问题，可以让自己的思考变得更加深刻，使故事里的道理变得更加清晰。请完成下列表格，读懂《愚公

移山》一文。

《愚公移山》	
提出的问题	
回答	
故事寓意	
寓意相同的篇目	

4《中国古代寓言》中有一些寓言讲的是同一个道理，请你找一找，完成下面的图表。

道理：________________________________

____

《百发百中》　　《薛谭学讴》　　《卖油翁》

道理：____

____

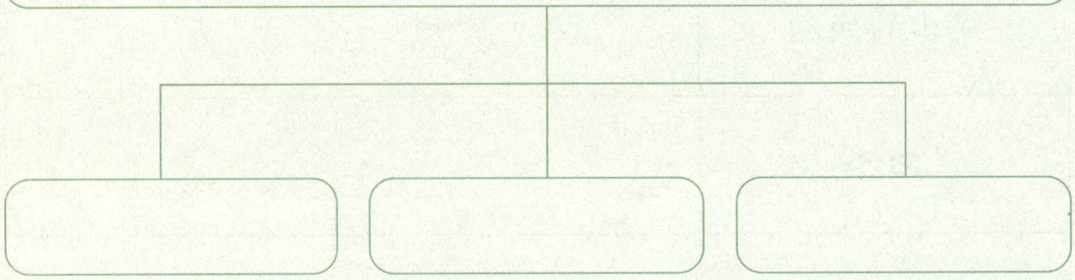

（北京市广渠门中学附属花市小学　陆璐／编写）

参考答案

活动设计一：整本书阅读

1 示例：

寓言是用比喻性的故事来寄托意味深长的道理，给人以启示的文学体裁。寓言的字数不多，但言简意赅。故事的主人公可以是人，也可以是拟人化的动植物或其他事物。

寓言的特点包括：篇幅短小，有教育性，情节往往虚构，蕴含道理。

2 《自相矛盾》《掩耳盗钟》《鹬蚌相争》《黔之驴》

3 前者有《刻舟求剑》《邯郸学步》《杞人忧天》等；后者有《埳井之蛙》《涸泽之蛇》《狐假虎威》等。

4 狐假虎威、画蛇添足、掩耳盗铃、亡羊补牢、守株待兔。

5 (1)《叶公好龙》(2)《抱薪救火》(3)《五十步笑百步》(4)《囫囵吞枣》(5)《唇亡齿寒》

6 示例：

寓言故事	疑
《杞人忧天》	天塌下来，地陷下去
《杯弓蛇影》	肚子里有一条小蛇在动
《智子疑邻》	邻居偷了自己的东西

活动设计二：文学阅读与创意表达

1 (1) 揠苗助长 (2) 望洋兴叹 (3) 买椟还珠 (4) 三人成虎 (5) 画蛇添足 (6) 自相矛盾

2 示例：

事件	塞翁的看法	其他人的看法	最终结局
马跑了	觉得这可能是福气	都来安慰塞翁	儿子因腿伤而未被征兵，父子两个都保全了性命
马带回来一群骏马	觉得可能是祸害	觉得马失而复得，又有意外收获，都祝贺塞翁	
儿子骑马摔断腿	觉得这可能是福气	都劝说塞翁不要担忧	

3 示例：从前有一个叫叶公的人特别喜欢龙，家里都是龙的形象。天上的真龙听说了这件事，就钻进他的屋舍中想见见他。叶公见了真龙，吓得倒在地上，大喊："不好了，龙来了！"真龙听到他的话，顿时消失得无影无踪。

4 示例：我会告诉《郑人置履》中的郑国人：其实你的脚比你的尺子准确多啦。

5 示例：渔人将河蚌养在盆里，将鹬鸟锁在笼子里，打算第二天再处置。河蚌和鹬鸟这时候不再互相指责，而是绞尽脑汁想办法逃生。晚上夜深人静的时候，鹬鸟对河蚌说：“现在不是互相指责的时候了，我们应该想办法逃出去。”河蚌说：“怎么逃？我爬得很慢，到天亮前爬不了多远就会被再抓回来，而你又被锁在笼子里。”鹬鸟说：“你可以爬过来再夹住我的嘴，这样就能砸开锁，之后你再夹在我腿上，我就能带着你飞走了。”河蚌照做了，它们果然成功逃脱。

活动设计三：思辨性阅读与表达

1 示例：

寓言启示卡

我要学习《纪昌学射》的纪昌，学习、做事要认真刻苦，努力练习，才可能获得成功。

2

《滥竽充数》	多向有经验的老年人学习，可以少走弯路。
《叶公好龙》	切勿自欺欺人。
《老马识途》	要有真才实学，否则迟早会原形毕露。
《掩耳盗钟》	切勿盲从他人，要有自己的思考。
《邯郸学步》	看一个人，不能只看表面的言行，要透过现象看本质。

3 示例：

《愚公移山》	
提出的问题	愚公为什么不搬家，非要移山呢？
回答	因为愚公知道搬家后也可能会遇到各种困难，不能每次都逃避。
故事寓意	做事情要坚持、有恒心，这样才有可能实现目标。
寓意相同的篇目	《铁杵磨针》

4 示例：

道理：学无止境，我们不能在取得了一些成绩之后沾沾自喜、不思进取，而应该继续努力，更上一层楼。

《百发百中》　《薛谭学讴》　《卖油翁》

道理：恐惧往往源于未知，不要盲目相信眼前所见，要善于揭示事物的本质。

《涸泽之蛇》　《画孰最难》　《桑中生李》